suhrkamp taschenbuch 3315

Eine Liebe wider die Zeit. Ein schüchterner Mörder als ihr Chronist.

Mit sparsamen Mitteln, geschult an der Bildsprache der Lyrik ebenso wie der des Films, erzählt Manuel Rivas eine Geschichte, die in den wirren ersten Tagen des Spanischen Bürgerkriegs beginnt und sich hindurchbewegt durch eine düstere, vermeintlich hoffnungslose Zeit.

Ohne Beschönigung, mit wachem Blick schildert der galicische Autor Menschen in einer Ausnahmesituation: Täter und Opfer, Verzweifelnde und Widerstehende. Poetisch genau, einfühlsam und mit unbefangen leichtem Strich zeichnet Rivas eine Geschichte, die anrührt: »Eine ganz große, heroische, pathetische Liebesgeschichte«, so Sigrid Löffler im ›Literarischen Quartett‹.

»Rivas versteht es, mit Worten Bilder zu malen und faszinierende Einzelszenen zu entwerfen, die einem lange im Gedächtnis bleiben.« *Hildegard Lorenz, Münchner Merkur*

Manuel Rivas wurde 1957 in La Coruña geboren, wo er heute wieder lebt.

Manuel Rivas
Der Bleistift des Zimmermanns

Roman

Aus dem Galicischen
von Elke Wehr

Suhrkamp

Die Originalausgabe erschien 1998
unter dem Titel *O lapis do carpinteiro*
bei Edicións Xerais, Vigo

Umschlagfoto: Walter Studer

suhrkamp taschenbuch 3315
Erste Auflage 2002

Druck: Nomos Verlagsgesellschaft, Baden-Baden
Printed in Germany
Umschlag nach Entwürfen von
Willy Fleckhaus und Rolf Staudt

1 2 3 4 5 6 – 07 06 05 04 03 02

Der Bleistift des Zimmermanns

Für Chonchiña und zur Erinnerung an ihre große Liebe Paco Comesaña, Doktor Comesaña, Heiler der bösen Luft. Für Anxel Vázquez de la Cruz, Kinderarzt in der Frauen- und Kinderklinik in Coruña. Ohne sie hätte es diese Geschichte nicht gegeben.

Zur Erinnerung auch an den Maler Camilo Díaz Baliño, der am 14. August 1936 ermordet wurde, und an Xerardo Díaz Fernandez, Autor von *Os que non morreron* und *A crueldade inútil*, der im Exil in Montevideo starb.

Mit Dank an Doktor Héctor Verea, der mich mit der Tuberkulose vertraut machte, und an Doktor Domingo García Sabell, der mir die faszinierende Person von Roberto Nóvoa Santos nahebrachte, dem 1933 verstorbenen Meister der allgemeinen Pathologie.

Ebenfalls von großem Nutzen für mich waren die historischen Forschungsarbeiten von Dionisio Pereira, V. Luis Lamela und Carlos Fernández.

Für Juan Cruz, der einfach zu mir sagte: Warum schreibst du diese Geschichte nicht? Und mir durch Rosa López einen wunderschönen chinesischen Zimmermannsstift zukommen ließ.

Für Quico Cadaval und Xurxo Souto, die Geschichten und Nebellicht atmen.

Für Xosé Luis de Dios, der mich mit seiner Malerei an die Wäscherinnen erinnerte.

Und für Isa, auf den Felsen von Pasarela, an den Bienenständen von Cova de Ladróns.

I

Er ist oben in der Galerie und hört den Amseln zu.

Carlos Sousa, der Journalist, sagte danke, als sie ihn mit einem Lächeln zum Eintreten aufforderte. Ja, danke, dachte er, während er die Treppe hinaufstieg, an der Tür jedes Hauses sollte es zwei Augen wie diese geben.

In einem Korbsessel sitzend, neben einem Tisch mit Kohlebecken, die Hand im offenen Buch, als kreisten seine Gedanken um eine glänzende Seite, schaute Doktor Da Barca in den Garten hinaus, eingehüllt in eine Aureole winterlichen Lichts. Das Bild wäre friedlich, würde er nicht durch eine Sauerstoffmaske atmen. Der Schlauch, der ihn mit der Sauerstoffflasche verband, hing über den weißen Blüten der Azaleen. In Sousas Augen war die Szene von einer beunruhigenden und komischen Melancholie.

Als Doktor Da Barca, aufmerksam geworden durch das Knarren der Bodendielen, den Besuch bemerkte, stand er auf und nahm sich mit erstaunlicher Behendigkeit die Sauerstoffmaske ab, wie ein Kind sein Computerspiel bedient. Er war groß und breitschultrig und verharrte einen Augenblick mit weit ausgebreiteten Armen. Es schien, als wäre das Umarmen ihre natürlichste Funktion.

Sousa war verblüfft. Er kam mit der Vorstellung, einen Sterbenden zu besuchen. Er hatte mit Unbehagen den Auftrag übernommen, einem alten Mann mit bewegtem Leben die letzten Worte zu entlocken. Er war auf eine brüchige, unzusammenhängende Stimme gefaßt, den erschütternden Kampf gegen die Alzheimer-Krankheit. Niemals hätte er sich eine so lichte Agonie vorstellen können: als wäre der Patient in Wirklichkeit an einen Generator angeschlossen. Doktor Da Barca besaß die Schönheit des Verfalls, wie sie für Tuberkulosekranke typisch ist, obwohl dies nicht sein Leiden war. Die Augen vergrößert, wie blau verschleierte Lampen. Eine porzellanartige Blässe, an den Wangen rosa glasiert.

Hier ist der Reporter, sagte sie, noch immer lächelnd. Sieh nur, wie jung er ist.

So jung nicht, sagte Sousa mit einem verlegenen Blick auf sie. Ich war schon mal mehr, als ich bin.

Setzen Sie sich, setzen Sie sich, sagte Doktor Da Barca. Ich habe gerade den Sauerstoff probiert. Möchten Sie ein bißchen?

Der Reporter Sousa fühlte sich etwas erleichtert. Diese schöne alte Frau nach dem Ruf des Türklopfers, die aussah, als habe der Meißel der Zeit sie sich zu einer Laune erwählt. Dieser Schwerkranke, der bis vor zwei Tagen im Krankenhaus gewesen war, munter wie ein Radrennfahrer. Man hatte ihm in der Zeitung gesagt: Mach ein Interview mit ihm. Er ist ein alter Exiliant. Es heißt, er habe in Mexiko sogar Umgang mit Che Guevara gehabt.

Wen interessierte das heute? Nur einen Lokalchef, der abends *Le Monde Diplomatique* las. Sousa verabscheute die Politik. In Wirklichkeit verabscheute er den Journalismus. In der letzten Zeit hatte er für die Polizeiseite gearbeitet. Er war ausgebrannt. Die Welt war eine Mistgrube.

Die langen Finger von Doktor Da Barca flatterten wie Tasten mit eigenem Leben, als wären sie nur durch eine alte Treue mit dem Körper verbunden. Der Reporter

Sousa fühlte, daß diese Finger ihn ausforschten, seinen Körper abklopften. Er hatte den Verdacht, daß der Doktor mit den Laternen seiner Augen die Bedeutung seiner Augenringe, jener frühzeitig geschwollenen Augenlider analysierte, als wäre er ein Kranker.

Und ich könnte es sein, dachte er.

Marisa, mein Herz, bring uns was zu trinken, damit der Nachruf gut wird.

Was du für Ideen hast! rief sie aus. Mach nicht solche Scherze.

Der Reporter Sousa wollte ablehnen, aber ihm wurde klar, daß es ein Fehler wäre, ein Glas zurückzuweisen. Sein Körper verlangte danach schon seit Stunden, nach dem Alkohol, er verlangte danach, seit er aufgestanden war, und in diesem Augenblick wußte er, daß er es mit einem dieser Zauberer zu tun hatte, die die Gedanken der anderen lesen können.

Sie sind doch wohl nicht ein Ha-zwei-O-Mensch?

Nein, versuchte er zu kontern, mein Problem ist nicht gerade das Wasser.

Wunderbar. Wir haben einen mexikanischen Tequila, der Tote zum Leben erweckt. Zwei Gläser, Marisa, sei so gut. Dann schaute er ihn an und zwinkerte ihm zu: Die Enkel vergessen ihren revolutionären Großvater nicht.

Wie geht es Ihnen? fragte Sousa. Irgenwie mußte er anfangen.

Sie sehen ja, sagte der Doktor, während er jovial die Arme ausbreitete, ich liege im Sterben. Glauben Sie wirklich, daß es von Interesse ist, mich zu interviewen?

Der Reporter dachte an das, was man ihm im Café Oeste, seiner Stammkneipe, gesagt hatte. Daß Doktor Da Barca ein alter unverbesserlicher Roter sei. Daß er

1936 zum Tode verurteilt worden und wie durch ein Wunder mit heiler Haut davongekommen sei. Wie durch ein Wunder, wiederholte einer der Informanten. Und daß er nach dem Gefängnis ins mexikanische Exil gegangen sei, von wo er erst nach dem Tod Francos in das alte Vaterhaus zurückkehrte. Er habe noch immer seine Ideen. Oder DIE IDEE, wie er sage. Ein Mann aus einer anderen Zeit, schloß der Informant.

Ich bin schon ein Ektoplasma, sagte der Doktor. Oder, wenn es Ihnen lieber ist, ein Außerirdischer. Deshalb habe ich Probleme mit dem Atmen.

Der Lokalchef hatte ihm einen Zeitungsausschnitt mit einem Foto und einer kurzen Meldung gegeben, in der über eine öffentliche Ehrung für den Doktor berichtet wurde. Man dankte ihm dafür, daß er sich stets kostenlos um die Ärmsten der Armen gekümmert hatte. »Seitdem er aus dem Exil zurückgekehrt ist«, erzählte eine Nachbarin, »stand seine Tür immer offen.« Sousa erklärte, er bedaure, daß er ihn nicht früher aufgesucht habe, das Interview habe eigentlich vor seiner Einlieferung ins Krankenhaus stattfinden sollen.

Sie, sagte der Doktor, das Gespräch von sich ablenkend, sind nicht von hier, Sousa, nicht wahr?

Nein, sagte er, er sei mehr aus dem Norden. Er sei erst wenige Jahre hier, und was ihm am meisten gefalle, sei das gute Wetter, ein tropischer Flecken mitten in Galicien. Ab und zu fahre er nach Portugal, um Stockfisch à la Gomes de Sáa zu essen.

Entschuldigen Sie die Neugier, leben Sie allein?

Der Reporter hielt Ausschau nach der Frau, aber sie war leise hinausgegangen, ohne etwas zu sagen, nachdem sie die Gläser und die Flasche Tequila hingestellt hatte. Eine seltsame Situation, der interviewte Interviewer. Er wollte sagen, ja, er lebe sehr allein, zu sehr allein, aber er antwortete mit einem Lachen. Ich habe die Besitzerin der Pension, sie ist sehr besorgt, weil ich dünn bin. Sie ist Portugiesin und mit einem Galicier verheiratet. Wenn sie miteinander streiten, schimpft sie den Mann einen Portugiesen, und er sagt zu ihr, sie führe sich wie eine Galicierin auf. Ich erspare Ihnen natürlich die Adjektive, die sind von schwerem Kaliber.

Doktor Da Barca lächelte nachdenklich. Dann sagte er: Das einzig Gute an den Grenzen sind die geheimen Übergänge. Es ist furchtbar, was eine imaginäre Linie anrichten kann, die ein altersschwachsinniger König eines Tages auf seinem Sterbebett gezogen oder ein Mächtiger einem anderen wie bei einem Pokerspiel abgewonnen hat. Ich erinnere mich, daß mir ein Mann einmal etwas Schreckliches erzählt hat. Mein Großvater war das Schlimmste, was man im Leben sein kann. Was hat er denn getan, hat er jemanden umgebracht? fragte ich ihn. Nein, nein. Mein Großvater väterlicherseits war Dienstbote eines Portugiesen. Er war trunken von geschichtlichem Groll. Na, sagte ich, um ihn zu ärgern, wenn ich einen Paß wählen könnte, dann wär ich Portugiese. Aber diese Grenze wird sich zum Glück in ihrer eigenen Absurdität auflösen. Die wahren Grenzen sind die, welche die Armen vom Kuchen fernhalten.

Doktor Da Barca nippte leicht am Glas, und dann erhob er es wie zu einem Trinkspruch. Wissen Sie? Ich bin ein Revolutionär, sagte er plötzlich, ein Internationalist. Einer von der alten Sorte. Von denen der Ersten Internationale, wenn Sie es genau wissen wollen. Das kommt Ihnen bestimmt seltsam vor, oder?

Mich interessiert Politik nicht, antwortete Sousa wie in einem instinktiven Reflex. Mich interessiert die Person.

Die Person, natürlich, murmelte Da Barca. Haben Sie von Doktor Nóvoa Santos gehört?

Nein.

Er war eine sehr interessante Person. Von ihm stammt die Theorie der intelligenten Wirklichkeit.

Tut mir leid, daß ich ihn nicht kenne.

Macht nichts. Fast niemand erinnert sich an ihn, angefangen bei der Mehrheit der Ärzte. Die intelligente Wirklichkeit, jawohl. Wir alle sondern einen Faden ab, wie die Seidenraupen. Wir nagen an den Maulbeerblättern und streiten uns um sie, aber wenn dieser Faden sich mit anderen überschneidet, mit anderen verschlingt, kann er ein schönes Gewebe, einen unvergeßlichen Stoff bilden.

Es dämmerte. Im Garten schwang sich eine Amsel auf in einem schwarzen Pentagramm, als erinnerte sie sich plötzlich an eine vergessene Verabredung auf der anderen Seite der Grenze. Die schöne alte Frau kam wieder in die Galerie, mit sanften, fließenden Bewegungen.

Marisa, sagte er unvermittelt, wie war dieses Gedicht mit der Amsel, das von dem armen Faustino?

Soviel Passion und soviel Gesang
in deine Adern passen,
doch dein Leib so zart, so bang
kann beide nicht mehr fassen.

Sie rezitierte es, ohne sich bitten zu lassen und ohne die Betonung zu forcieren, als folgte sie einem natürlichen Impuls. Es war ihr Blick, ein Glanz wie von Kirchenfenstern in der Dämmerung, der den Reporter Sousa berührte. Er nahm einen großen Schluck Tequila, um zu probieren, wie er brannte.

Wie finden Sie das?

Wunderschön, sagte Sousa. Von wem ist es?

Von einem Dichterpriester, dem die Frauen sehr gefielen. Und er lächelte: ein Fall von intelligenter Wirklichkeit.

Und wie haben Sie beide sich kennengelernt? fragte der Reporter, schließlich bereit, Notizen zu machen.

Er war mir schon vorher aufgefallen, beim Spazierengehen auf der Alameda. Aber reden gehört habe ich ihn zum ersten Mal in einem Theater, erklärte Marisa, während sie Doktor Da Barca anschaute. Ein paar Freundinnen hatten mich mitgenommen. Es war eine Veranstaltung der Republikaner, auf der diskutiert wurde, ob die Frauen das Wahlrecht haben sollten oder nicht. Heute kommt uns das seltsam vor, aber in der damaligen Zeit war das sehr umstritten, sogar unter den Frauen, nicht wahr? Und dann stand Daniel auf und erzählte die Geschichte von der Bienenkönigin ... Erinnerst du dich, Daniel?

Wie geht die Geschichte mit der Bienenkönigin? fragte Sousa neugierig.

In der Antike wußte man nicht, wie die Bienen auf die Welt kamen. Weise Männer wie Aristoteles erfanden absurde Theorien. Man behauptete zum Beispiel, die Bienen kämen aus dem Bauch der toten Ochsen. Und so ging das ewig weiter. Und wißt ihr, warum das alles?

Weil man nicht zu erkennen vermochte, daß der König eine Königin war. Wie kann man die Freiheit auf eine derartige Unwahrheit gründen?

Sie haben ihm heftig applaudiert, fügte sie hinzu.

Bah. Eine unbeschreibliche Ovation war es nicht gerade, schmunzelte der Doktor. Aber es gab Applaus.

Und Marisa sagte:

Er gefiel mir schon. Aber erst nachdem ich ihn an jenem Tag gehört hatte, erschien er mir wirklich attraktiv. Und noch mehr, als man mich in der Familie warnte: Halt dich bloß fern von diesem Mann. Sie erkundigten sich sofort, wer er war.

Ich glaubte, sie sei Näherin.

Marisa lachte:

Ja, ich belog ihn. Ich ließ mir ein Kleid nähen, in einer Schneiderei gegenüber dem Haus seiner Mutter. Wenn ich von der Anprobe herauskam, kehrte er von seinen Krankenbesuchen zurück. Einmal schaute er mich an, ging weiter und drehte sich plötzlich um: Arbeitest du hier? Ich nickte. Und er sagte: Was für eine hübsche Näherin. Bestimmt nähst du nur mit Seide.

Doktor Da Barca schaute sie mit seinen alten Augen an, in die das Begehren eingebrannt war.

In irgendeinem verfallenen Gemäuer von Santiago muß noch ein verrosteter Revolver liegen, der, den sie uns ins Gefängnis brachte, um uns zu befreien.

2

Herbal sprach fast nie.

Er wischte mit einem Tuch über die Tische, sorgfältig, als polierte er mit seinem Staublappen ein Instrument. Er leerte die Aschenbecher. Er fegte das Lokal aus, sehr langsam, ließ dem Besen Zeit, in den Ecken zu stochern. Er versprühte kreisend einen Spray mit dem Duft nach kanadischer Kiefer, das stand auf der Dose, und schaltete die Neonreklame ein, die auf die Straße hinausging, ein Schild mit roten Buchstaben und einer Walkürengestalt, die mit kräftigen Bizeps die Gewichte ihrer Brüste hochzustemmen schien. Er stellte die Musikanlage an und legte *Ciao, amore* auf, die Langspielplatte, die sich wie eine sinnliche Litanei durch die ganze Nacht zog. Manila klatschte in die Hände, zupfte sich das Haar zurecht, als würde sie in einem Cabaret debütieren, und es war Herbal, der den Türriegel zurückschob.

Manila sagte: Auf, Mädchen, heute kommen die mit den weißen Schuhen.

Weißer Thunfisch. Fischmehl. Kokain. Die mit den weißen Schuhen hatten das Terrain der alten Schmuggler von Fronteira erobert.

Herbal stand hinter der Bar, wie ein Wachsoldat in seinem Häuschen. Die Mädchen wußten, daß er da war, jede Bewegung filmte, die Typen beobachtete, die, wie er sagte, Geldgesichter und Messerzungen hatten. Nur ab und zu verließ er seine Warte, um Manila beim Servieren zu helfen, in den seltenen Augenblicken, da Not am Mann war, und er tat es wie ein Schankwirt mitten im Krieg, als gösse er den Schnaps dem Kunden direkt in die Leber.

Maria da Visitação war vor kurzem von einer afrikanischen Atlantikinsel hierhergekommen. Ohne Papiere. Sie wurde, wie man so sagt, an Manila verkauft. Von ihrem neuen Land kannte sie wenig mehr als die Straße, die nach Fronteira führte. Sie betrachtete sie von ihrem Fenster aus, im Gebäude des Klubs, der abseits lag, ohne Nachbarhäuser. Im Fenster stand eine Geranie. Könnten wir sie von draußen sehen, während sie reglos durch das Fenster späht, würden wir denken, rote Schmetterlinge hätten sich auf dem schönen Totem ihres Gesichts niedergelassen.

Auf der anderen Seite der Straße gab es ein Gehölz mit Mimosenbäumen. Sie halfen ihr sehr in diesem ersten Winter. Sie blühten am Straßenrand wie Kerzen zum Gedenken an die Seelen im Fegefeuer, und dieser Anblick bewirkte, daß sie nicht mehr fror. Das und der Gesang der Amseln mit ihrem melancholischen Flöten schwarzer Seelen. Hinter dem Gehölz befand sich ein Autofriedhof. Zuweilen waren Leute zu sehen, die auf der Suche nach Ersatzteilen im Schrott wühlten. Aber der einzige ständige Bewohner war ein Hund, der an ein Auto ohne Räder gekettet war, das ihm als Hütte diente. Er stieg auf das Dach und bellte den ganzen Tag. Das ließ sie frieren. Sie glaubte, daß sie hoch im Norden war. Daß hinter Fronteira eine Welt aus Nebel, Stürmen und Schnee begann. Die Männer, die von dort kamen, hatten Leuchtfeuer in den Augen, rieben sich die Hände beim Betreten des Klubs und tranken starke Schnäpse.

Sie sprachen sehr wenig, von einigen abgesehen.

Wie Herbal.

Herbal war ihr sympathisch. Nie hatte er ihr gedroht oder die Hand gegen sie erhoben, wie es nach dem, was sie gehört hatte, den Mädchen in anderen Straßenklubs widerfuhr. Auch Manila hatte sie nicht geschlagen, obwohl ihr Mund an manchen Tagen dem Lauf eines abgesägten Gewehrs glich. Maria da Visitação hatte bemerkt, daß ihre Laune vom Essen abhing. Wenn es ihr schmeckte, behandelte sie alle wie Töchter. Aber wenn sie sich dick fand, warf sie mit Flüchen um sich, als wollte sie das ganze Fett ausspucken. Keines der Mädchen wußte genau, was für eine Art Beziehung zwischen Herbal und Manila bestand. Sie schliefen zusammen. Zumindest schliefen sie im gleichen Zimmer. Im Klub traten sie auf wie Chefin und Angestellter, aber ohne Anweisungen zu erteilen oder zu empfangen. Sie fluchte nie, wenn sie sich an ihn wandte.

Der Klub öffnete mit Einbruch der Dunkelheit, und die Mädchen schliefen am Tage. Am frühen Nachmittag ging Maria da Visitação ins Lokal hinunter. Sie war verkatert aufgewacht, den Mund mit Asche gefüllt, das Geschlecht schmerzend von den kräftigen Stößen der Schmuggler, und sie hatte Lust, einen Zitronensaft mit kaltem Bier zu mischen. Die Fensterläden waren geschlossen, und an einem Tisch, unter einer Lampe, die einen Lichtschacht im Halbdunkel auftat, saß Herbal.

Er zeichnete mit einem Zimmermannsstift auf ein paar Papierservietten.

3

Es tut mir sehr leid, Kumpel. Und mein Onkel entsicherte für alle Fälle das Gewehr. Ich würde es lieber nicht tun, mein Freund. Und dann schlug mein Onkel heftig mit dem Stock zu, ein treffsicherer Hieb in den Nacken des in der Falle gefangenen Fuchses. Zwischen meinem Onkel, dem Fallensteller, und seiner Beute gab es den winzigen Moment eines Blickes. Er sagte mit den Augen, und ich hörte dieses Murmeln, daß ihm nichts anderes übrigblieb. Das war es, was ich vor dem Maler fühlte. Ich habe viele grausame Dinge getan, aber als ich vor dem Maler stand, da habe ich in meinem Innern gemurmelt, es täte mir sehr leid, ich würde es lieber nicht tun, ich weiß nicht, was er dachte, als sein Blick sich mit meinem traf, ein feuchtes Schimmern in der Nacht, aber ich möchte glauben, daß er begriff, daß er ahnte, daß ich es tat, um ihm Qualen zu ersparen. Rasch, ohne einen Schritt zurückzutreten, setzte ich ihm die Pistole an die Schläfe und jagte ihm eine Kugel in den Kopf. Und dann erinnerte ich mich an den Bleistift. Den Bleistift, den er hinter dem Ohr trug. Diesen Bleistift.

4

Die vom Trupp, die Männer, die nachts die Leute aus den Zellen holten und sich die Brigade des Morgengrauens nannten, waren sehr wütend. Zuerst schauten sie ihn erstaunt an, als würden sie sagen, dieser Idiot, der Schuß ist ihm losgegangen, so bringt man keinen um. Aber später, auf dem Rückweg, murrten sie laut, er habe ihnen das Fest versaut mit seinem Übereifer. Sie hatten irgendwas Übles vorgehabt. Vielleicht, ihm bei lebendigem Leib die Eier abzuschneiden und sie ihm in den Mund zu stopfen. Oder ihm die Hände abzuschneiden, wie sie es mit dem Maler Francisco Miguel oder mit dem Schneider Luis Huici getan hatten. Jetzt näh schön, du Lackaffe!

Komm, erschrick nicht, so was hat man getan, sagte Herbal zu Maria da Visitação. Ich weiß, daß einer von denen einer Witwe kondolierte und ihr dabei einen Finger des Ehemanns in die Hand drückte. Sie erkannte am Ehering, daß er von ihm war.

Der Gefängnisdirektor, ein gequälter Mann – es hieß, er sei mit einigen Insassen seit langem befreundet –, hatte ihn gebeten, sich an jener nächtlichen Abholaktion zu beteiligen. Zuvor nahm er ihn beiseite. Seine Armbanduhr zitterte in seiner Hand. Und er sagte sehr leise: Er soll nicht leiden, Herbal. Trotzdem führte er die Farce auf. Er begleitete die Leute des Trupps zur Zelle. Maler, sagte er, Sie sind frei. Gerade waren die zwölf Glockenschläge der Berenguela zu hören gewesen. Frei, um zwölf Uhr nachts? fragte der Maler mißtrauisch. Los, raus mit Ihnen, machen Sie es mir nicht schwer. Die Falangisten lachten, noch im Gang versteckt.

Und Herbal kostete der Auftrag keine Mühe. Denn wenn er tötete, dachte er an seinen Onkel, den Fallensteller, der den Tieren sogar Namen gab. Die Hasen nannte er Josefina und den Fuchs Don Pedro. Und weil er, um die Wahrheit zu sagen, Achtung vor jenem Herrn empfand. Denn der Maler war ein ganzer Herr. Im Hin und Her des Gefängnisses behandelte er den Aufseher, als wäre er der Platzanweiser eines Kinos.

Der Maler wußte nichts über den Aufseher, aber Herbal wußte etwas über ihn. Es hieß, sein Sohn habe mit anderen zusammen das Haus des Deutschen, der einer von den Hitler-Leuten war und in Santiago Unterricht in seiner Sprache gab, mit Steinen beworfen. Sie zertrümmerten die Fensterscheiben. Der Deutsche ging zur Polizei, außer sich vor Empörung, als handelte es sich um ein internationales Komplott. Kurz darauf erschien der Maler mit seinem Sohn, einem sehr kleinen und nervösen Jungen mit Augen, die größer waren als seine Hände, und zeigte ihn an als einen der Steinewerfer. Sogar der Kommissar war perplex. Er nahm ihre Aussage auf, schickte Vater und Sohn jedoch wieder nach Hause.

So aufrichtig war der Maler, erklärte Herbal Maria da Visitação. Er gehörte zu den ersten, die wir verhafteten. Und sehr gefährlich, sagte der Unteroffizier Landesa. Gefährlich? Aber der ist doch nicht fähig, eine Ameise zu zertreten. Was wißt ihr schon! antwortete er geheimnisvoll. Er ist der Plakatmaler, derjenige, der die Ideen malt.

Nach der Erhebung der Nationalen wurden die wichtigsten Republikaner ins Gefängnis gebracht. Auch andere, weniger bekannte, die jedoch immer mit denen übereinstimmten, die auf der mysteriösen schwarzen Liste des Unteroffiziers Landesa standen. Das Gefängnis von Santiago, bekannt als A Falcona, befand sich hinter dem Palast von Raxoi, an der Steigung, die zum Obradoiro-Platz führt, genau gegenüber der Kathedrale, so daß man, wenn man einen Tunnel gegraben hätte, am Grab des Apostels herausgekommen wäre. Dort, wo die sogenannte kleine Hölle beginnt. In der Nähe jeder mittelalterlichen Kathedrale, des großen Gottestempels, lag ein Inferniño, der Ort der Sünde. Denn hinter dem Gefängnis befand sich O Pombal, der Taubenschlag, das heißt das Hurenviertel.

Die Gefängnismauern bestanden aus Steinplatten, die mit Moos überzogen waren. Zu ihrem Glück, wenn man das sagen kann, war ihnen der Sommer als Wartezimmer des Todes beschieden. Im Winter war A Falcona ein Eisloch mit dem Geruch nach Schimmel, und die Luft war schwer wie feuchtes Laub. Aber noch dachte niemand dort an den Winter.

In jenen ersten Tagen gaben sich alle den Anschein von Normalität, Häftlinge und Aufseher, wie Reisende, die an der Küste des Lebens von einer Havarie überrascht wurden und darauf warten, daß die richtige Kurbeldrehung den Motor wieder in Gang setzt und die Reise weitergeht. Der Direktor erlaubte sogar den Besuch der Familienangehörigen und daß sie ihnen das fertige Essen von zu Hause mitbrachten. Und sie, die Verhafteten, plauderten in den Stunden des Hofgangs mit scheinbarer Sorglosigkeit, auf dem Boden sitzend und an die Mauern gelehnt, so entspannt wie manche von ihnen noch vor wenigen Tagen auf ihrem Stuhl an den runden Tischen mit dampfenden Tassen, im Café

Español, dessen Wände die Fresken des Malers zierten. Oder wie Arbeiter in der Pause, die, nachdem sie Chef Sonne mit der Schirmmütze ironisch Reverenz erwiesen und fein ausgespuckt haben, um den frischen Graben zu versiegeln, sich ein Fleckchen Schatten für Wasser und Brot und ein wenig Lachen zur Verdauung suchen. Man hatte sie im Anzug oder im Hemd festgenommen, und das lange Warten, der Staub der Zeit, machte sie allmählich alle gleich in diesem Hof, wie das Sepiabraun ein Gruppenfoto. Wir sehen aus wie Mäher. Wir sehen aus wie Vagabunden. Wir sehen aus wie Zigeuner. Nein, sagte der Maler, wir sehen aus wie Sträflinge. Wir sind dabei, die Farbe der Gefängnisinsassen anzunehmen.

Während der Stunden seines Wachdienstes konnte der Aufseher Herbal ihnen aus der Nähe zuhören. Sie unterhielten ihn wie ein Radio. Die Stationsskala des Geplauders, hin und her. Er näherte sich verstohlen, wie beiläufig, und rauchte eine Zigarette, in die Tür gelehnt, die auf den Hof hinausging. Wenn er sie verlassen hatte, sprachen sie über Politik. Sobald wir hier rauskommen, und wir werden rauskommen, sagte Xerardo, ein Grundschullehrer aus Porto do Son, muß die Republik wieder ihren Kurs aufnehmen, wie die Seeleute es nach einer Sturzsee machen. Die föderale Republik.

Jetzt sprachen sie über das verlorene Bindeglied zwischen Affe und Mensch.

In gewisser Weise, sagte Doktor Da Barca mit einem kleinen Lächeln, ist der Mensch nicht das Ergebnis der Perfektionierung, sondern einer Krankheit. Der Mutant, von dem wir abstammen, mußte sich irgendeines pathologischen Problems wegen auf die Füße stellen. Er war seinen vierbeinigen Vorfahren klar unterlegen. Vom Verlust des Schwanzes und der Behaarung wollen wir gar nicht erst reden. Rein biologisch betrachtet, war es eine Katastrophe. Ich glaube, daß das Lachen von dem Schimpansen erfunden wurde, der zum ersten Mal dem *homo erectus* begegnete. Stellt euch vor. Ein aufrechter Typ, ohne Schwanz und halb kahl. Erbärmlich. Zum Totlachen.

Ich befasse mich lieber mit der Bibel als mit der Entwicklung der Arten, sagte der Maler. Die Bibel ist das beste Drehbuch, das man bislang für den Film der Welt geschrieben hat.

Nein. Das beste Drehbuch ist eines, das wir nicht kennen. Das geheime Gedicht der Zellen, meine Herren!

Stimmt das, was ich im Bischofsblatt gelesen habe, Da Barca? schaltete sich Casal ironisch ein. Daß du in einem Vortrag gesagt hast, der Mensch sehne sich nach seinem Schwanz?

Alle lachten, als erster der Gefragte, der im gleichen Ton fortfuhr. Ja. Und ich habe auch gesagt, daß es heißt, die Seele befinde sich in der Schilddrüse! Aber da wir schon dabei sind, werde ich euch etwas sagen. In den Kliniken haben wir es mit Fällen von Übelkeit und Schwindel zu tun, die auftreten, wenn ein Mensch sich plötzlich aufrichtet, Spuren der funktionellen Störung, die Folge der Gewöhnung an die Vertikalität war. Tatsächlich sehnt sich der Mensch nach der Horizontalen. Und was den Schwanz betrifft, so ist es, sagen wir mal, merkwürdig, ein biologischer Mangel, daß der Mensch keinen hat oder sozusagen einen gekürzten. Das Fehlen eines Schwanzes ist vermutlich ein ernstzunehmender

Faktor, wenn es um die Erklärung des Ursprungs der Sprache geht.

Was ich nicht verstehe, sagte der Maler amüsiert, ist, daß du, der große Materialist, an die Totengeister glauben kannst.

Moment mal! Ich bin kein Materialist. Das wäre eine Gemeinheit von mir, eine Geringschätzung der Materie, die alles daransetzt, aus sich herauszugehen, um sich nicht zu langweilen. Ich glaube an eine intelligente Wirklichkeit, an eine sozusagen übernatürliche Welt. Der aufrechte Mutant erwiderte das Lachen des bodennahen Schimpansen. Er billigte den Spott. Er wußte, daß er mangelhaft, anomal war. Und deshalb besaß er auch den Todestrieb. Er war Tier und Pflanze zugleich. Er hatte Wurzeln und hatte sie nicht. Aus dieser Störung, aus dieser Merkwürdigkeit entstand die große Verwirrung. Eine zweite Natur. Eine andere Wirklichkeit. Das, was Doktor Nóvoa Santos die intelligente Wirklichkeit nannte.

Ich kannte Nóvoa Santos, sagte Casal. Ich habe einige Schriften von ihm herausgegeben und kann sagen, daß wir gute Freunde waren. Ein bewundernswerter Mann. Zu außergewöhnlich für dieses so undankbare Land.

Der Bürgermeister von Santiago, der sein kleines Vermögen der Herausgabe von Büchern widmete, machte eine Pause und erinnerte sich. Die armen Leute nannten ihn Novo Santo, den Neuen Heiligen. Aber der harte Kern des Klerus und der Universität haßte ihn. Eines Tages betrat er das Kasino in Santiago und warf die Möbel aus dem Fenster. Ein junger Bursche hatte wegen Spielschulden Selbstmord begangen. Nóvoas Gedankenwelt war ein ganzes Grundgesetz wert: ein bißchen gut und ein bißchen rebellisch sein. Als er den Lehrstuhl in Madrid erhielt und seine Antrittsvorlesung hielt, stand der gesamte Saal auf, zweitausend Personen. Sie applaudierten ihm wie einem Künstler, als wäre er Caruso. Dabei hatte er von den Körperreflexen gesprochen!

Als Student hatte ich das Glück, bei einem seiner Krankenbesuche dabeizusein, sagte Da Barca. Wir begleiteten ihn zu einem alten Mann, der im Sterben lag. Es war ein merkwürdiger Fall. Keiner fand heraus, woran er litt. Im Armenspital herrschte eine Feuchtigkeit, daß die Wörter Schimmel in der Luft ansetzten. Kaum hatte er ihn gesehen, sagte Don Roberto, ohne ihn überhaupt zu berühren: Woran dieser Mann leidet, ist Hunger und Kälte. Geben Sie ihm heiße Brühe, bis er satt ist, und zwei Decken.

Und Sie, Doktor, glauben Sie wirklich an die Totengeister? fragte Dombodán.

Da Barca ließ einen theatralischen, durchdringenden Blick über die Runde der Freunde schweifen.

Ich glaube an den Zug der Totengeister, weil ich ihn gesehen habe. Das ist keine Folklore. Als Student bin ich einmal nachts in das Beinhaus neben dem Friedhof von Boisaca eingestiegen. Ich stand kurz vor einem Examen und brauchte ein Keilbein, einen komplizierten Schädelknochen. Das Keilbein, wunderschön, in Form einer Fledermaus mit ausgebreiteten Flügeln! Ich hörte etwas, es war kein Lärm, so als würde die Stille einen gregorianischen Gesang singen. Und dann erschien vor meinen Augen die Reihe der Lichter. Da waren, entschuldigt den gelehrten Ausdruck, die ektoplasmierten Krümel der Verstorbenen.

Die Entschuldigung war unnötig, denn alle verstanden, was er sagen wollte. Sie hörten sehr aufmerksam zu, auch wenn die Blicke zwischen Hingabe und Ungläubigkeit schwankten.

Und?

Nichts. Ich hielt die Zigaretten bereit, für den Fall, daß sie mich darum bitten würden. Aber sie zogen vorbei wie eine lautlose Motorradkolonne.

Wohin gingen sie? fragte Dombodán beunruhigt.

Doktor Da Barca schaute ihn dieses Mal ernst an, als wollte er ihm gegenüber noch den geringsten Zynismus zerstreuen.

Tja... Der Ewigen Gleichgültigkeit entgegen, mein Freund.

Aber dann, als er Dombodáns Unruhe gewahrte, berichtigte er sich mit einem Lächeln: In Wirklichkeit, glaube ich, gingen sie nach San Andrés de Texido, wohin als Toter geht, wer's nicht lebendig tat. Ja, ich glaube, das war die Richtung.

Ich werde euch eine Geschichte erzählen, sagte in das Schweigen hinein der Drucker Maroño, ein Sozialist, den die Freunde O'Bo, den Guten, nannten. Es ist kein Märchen. Es ist wirklich geschehen.

Und wo ist es geschehen?

In Galicien, sagte O'Bo herausfordernd. Wo denn sonst?

Aha.

Also, an einem Ort namens Mandouro lebten zwei Schwestern. Sie lebten allein, in einem Bauernhaus, das ihre Eltern ihnen hinterlassen hatten. Von diesem Haus aus sah man das Meer und die zahlreichen Schiffe, die dort Kurs von Europa auf die Südmeere nahmen. Die eine Schwester hieß Leben und die andere Tod. Es waren zwei gute Mädchen, anmutig und fröhlich.

Und die, die Tod hieß, war auch hübsch? fragte Dombodán besorgt.

Ja. Na ja, sie war hübsch, aber ein bißchen wie ein Mannweib. Jedenfalls vertrugen sich die beiden Schwestern sehr gut. Da sie viele Verehrer hatten, taten sie einen Schwur: Sie durften flirten, sogar Abenteuer mit Männern haben, aber sich niemals trennen. Und sie hielten sich getreu daran. An Festtagen gingen sie gemeinsam zum Tanz hinunter, an einen Ort namens Donaire, wo sich die ganze Jugend der Gegend einfand. Um dorthin zu gelangen, mußten sie ein morastiges Gelände mit vielen Sümpfen durchqueren, das unter dem Namen Fronteira bekannt war. Die beiden Schwestern trugen Holzpantinen an den Füßen und hielten die Schuhe in der Hand. Die von Tod waren weiß und die von Leben schwarz.

War das nicht eher umgekehrt?

Eben nicht. Sie waren so, wie ich es euch sage. Die beiden Schwestern machten es wie alle Mädchen. An den Füßen trugen sie die Holzpantinen und die Schuhe in der Hand, damit sie zum Tanzen sauber waren. So daß also an der Tür zum Tanzsaal gut hundert Paar Holzpantinen zusammenstanden, wie Schiffchen im Sand. Die jungen Burschen nicht. Die jungen Burschen kamen zu Pferde. Und sie veranstalteten viel Getänzel mit ihren Pferden beim Kommen und beim Gehen, vor allem beim Kommen, um die Mädchen zu beeindrucken. Und so verging die Zeit. Die beiden Schwestern gingen zum Tanz, hatten ihre Liebeleien, aber immer, früher oder später, kehrten sie nach Hause zurück.

Eines Nachts, es war eine Nacht mit heftigem Unwetter, versank ein Schiff. Denn dieses Land war und ist, wie ihr wißt, ein Land der Schiffbrüche. Aber das war ein ganz besonderes Unglück. Das Schiff hieß *Palermo* und war mit Akkordeons beladen. Tausend Akkordeons, in Holz verpackt. Der Sturm ließ das Schiff untergehen und trieb die Ladung auf die Küste zu. Das Meer mit seinen Armen eines verrückt gewordenen Stauers zerbrach die Kisten und trug die Akkordeons zum Strand. Die ganze Nacht erklangen die Akkordeons mit Melodien, die, wie anders, ziemlich traurig waren. Es war eine Musik, die durch die Fenster drang, vom Sturm herangetragen. Wie alle Bewohner der Gegend wachten auch die beiden Schwestern auf und hörten ihr voll Schauder zu. Am Morgen lagen die Akkordeons wie Leichname ertrunkener Instrumente am Strand. Alle waren unbrauchbar. Alle, außer einem. Ein junger Fischer fand es in einer Grotte. Dies erschien ihm als ein solches Glück, daß er es zu spielen lernte. Er war schon ein fröhlicher Bursche mit sprühendem Witz, aber dieses Akkordeon fiel ihm wie eine Gnade in die Hände. Die Schwester Leben verliebte sich beim Tanz so sehr in ihn, daß sie beschloß, diese Liebe sei mehr wert als der Bund mit ihrer Schwester. Und sie gingen zusammen fort, denn Leben wußte, daß Tod den Teufel im Leib hatte und sehr rachsüchtig sein konnte. Und das war sie wahrhaftig. Sie verzieh es nie. Deshalb streift sie über die Wege, vor allem in stürmischen Nächten, verweilt bei den Häusern mit Holzpantinen vor der Tür und fragt jeden, dem sie begegnet: Weißt du was von einem Akkordeonspieler und von der Hure Leben? Und weil der Befragte es nicht weiß, nimmt sie ihn mit.

Als der Drucker Maroño mit seiner Erzählung fertig war, murmelte der Maler: Sie ist sehr gut, diese Geschichte.

Ich habe sie in einer Kneipe gehört. Es gibt Lokale, die Universitäten sind.

Sie werden uns alle umbringen! Kapiert ihr nicht? Sie werden uns alle umbringen!

Wer da schrie, war ein Häftling, der sich in einer Ecke etwas entfernt von der Gruppe gehalten und wie betäubt vor sich hin gegrübelt hatte.

Dauernd seid ihr mit euren Ammenmärchen zugange! Und merkt nicht, daß sie uns alle umbringen werden! Sie werden uns alle umbringen! Alle!

Sie sahen sich erschrocken an, hilflos, als zerbräche der warme blaue Augusthimmel über ihnen in Stücke aus Eis.

Doktor Da Barca trat zu ihm und faßte ihn am Handgelenk.

Ruhig, Baldomir, ruhig. Reden ist eine Zauberformel.

5

Der Maler hatte sich ein Heft und einen Zimmermannsstift verschafft. Er trug ihn hinter das Ohr geklemmt, wie die Leute vom Fach, jeden Augenblick bereit, zu zeichnen. Dieser Stift hatte Antonio Vidal gehört, einem Tischler, der zum Streik für den Acht-Stunden-Tag aufgerufen hatte und mit ihm Notizen für *El Corsario* schrieb und ihn später dann Pepe Villaverde schenkte, einem Schiffszimmermann, der eine Tochter hatte, die Palmira hieß, und eine andere namens Fraternidade. Villaverde war, wie er selbst sagte, Anarchist und Humanist und begann seine Ansprachen vor den Arbeitern mit ein paar Worten zur Liebe: »Man lebt im Kommunismus, wenn man liebt, und nach Maßgabe dieser Liebe.« Als er Vorarbeiter bei der Eisenbahn wurde, schenkte Villaverde den Bleistift seinem Freund, dem Gewerkschafter und Tischler Marcial Villamor. Und bevor ihn die Leute vom Trupp umbrachten, die in der Falcona Jagd machten, schenkte Marcial den Stift dem Maler, als er sah, wie dieser versuchte, den Portikus der Seligkeit mit einem Stück Ziegelstein zu zeichnen.

Und je mehr die Tage vergingen mit ihrem Kielwasser böser Vorzeichen, um so mehr konzentrierte er sich auf sein Heft. Während die anderen sich unterhielten, porträtierte er sie pausenlos. Er suchte nach ihrem Profil, einer typischen Haltung, dem Ausdruck des Blicks, den Schattenstellen. Und mit immer größerem Eifer, fast fiebrig, als käme er einem dringenden Auftrag nach.

Der Maler erklärte jetzt, wer wer war am Portikus der Seligkeit.

Er war da, ein paar Meter entfernt, aber der Gendarm

Herbal hatte die Kathedrale nur zweimal besucht. Das eine Mal als Kind, als seine Eltern vom Dorf gekommen waren, um am Tag des heiligen Jakob Kohl- und Zwiebelsamen zu verkaufen. Von diesem Mal wußte er noch, daß sie ihn zum Santo dos Croques, dem Beulenheiligen, mitgenommen hatten und daß er die Finger in die Hohlform einer Hand gelegt hatte und die Stirn gegen den steinernen Kopf stoßen sollte. Aber er war wie gebannt gewesen von den Blindenaugen des Heiligen, und es war sein Vater, der ihn, mit seinem zahnlosen Mund lachend, am Nacken packte und Sterne vor seinen Augen tanzen ließ. Wenn es nicht im Guten ist, sagte die Mutter, wird er keinen Verstand bekommen. Keine Angst, sagte der Vater, der kommt ihm weder so noch so. Und das zweite Mal, da war er schon in Uniform, zu einer Opfermesse. Im gedrängt vollen Kirchenschiff schwitzten sie bei endlosen lateinischen Litaneien. Aber der Botafumeiro hatte ihm die Sprache verschlagen. Daran konnte er sich genau erinnern. Das große Weihrauchgefäß hüllte den Altar in Nebel, als wäre alles ein seltsames Märchen.

Der Maler sprach vom Portikus der Seligkeit. Er hatte ihn mit dem dicken, roten Stift gezeichnet, den er ständig hinter dem Ohr trug. Jede der Gestalten des Bildes war einer seiner Gefährten in der Falcona. Du, Casal, sagte er zu dem, der Bürgermeister von Santiago gewesen war, bist Moses mit den Gesetzestafeln. Und du, Pasín, sagte er zu einem von der Eisenbahnergewerkschaft, du bist der Evangelist Johannes mit den Füßen auf dem Adler. Und der heilige Paulus bist du, *mi capitán*, sagte er zum Leutnant Martínez, der zur Gendarmerie gehört hatte und republikanischer Stadtrat geworden war. Und zu zwei bejahrten Häftlingen, Ferreiro de Zas und González de Cesures, sagte er, sie seien die Alten, die oben in der Mitte saßen, mit der Drehleier, im Orchester der Apokalypse. Und zu Dombadán, welcher der jüngste und etwas einfältig war, sagte er, er sei ein Engel, der die Trompete spiele. Und so zu allen, die ihm haargenau gerieten, wie man später auf dem Papier sehen konnte. Und der Maler erklärte, daß der Sockel des Portikus der Seligkeit von Ungeheuern mit Raubtierklauen und -schnäbeln bevölkert sei. Und bei diesen Worten verstummten alle, ein Schweigen, das sie verriet, denn er bemerkte wohl, wie ihre Augen auf ihre Gestalten geheftet waren, die stumm Zeugnis ablegten. Und dann begann er, vom Propheten Daniel zu sprechen. Von ihm heißt es, er sei der einzige am Portikus der Seligkeit mit einem dreisten Lächeln, ein Wunderwerk der Kunst, ein Rätsel für die Experten. Das bist du, Da Barca.

6

Eines Tages ging der Maler ins Irrenhaus von Conxo, um die Verrückten zu malen. Er wollte die Landschaften porträtieren, die der psychische Schmerz in die Gesichter zeichnet. Die Geisteskrankheit, dachte der Maler, weckt in uns eine Abwehrreaktion. Die Angst vor dem Verrückten geht dem Mitleid voraus, das sich manchmal nie einstellt. Vielleicht, glaubte er, weil wir ahnen, daß diese Krankheit Teil einer Art gemeinsamer Seele ist und sich frei bewegt und den einen oder anderen Körper auswählt, je nachdem, wie es ihr paßt. Daher die Neigung, den Kranken unsichtbar zu machen. Der Maler erinnerte sich an ein Zimmer im Nachbarhaus, das immer verschlossen war. Eines Tages hörte er Schreie und fragte, wer darin sei. Die Besitzerin des Hauses sagte: Niemand.

Der Maler wollte die unsichtbaren Wunden der Existenz malen.

Das Irrenhaus war ein schrecklicher Schauplatz. Nicht, weil die Kranken sich in bedrohlicher Weise gegen ihn gewandt hätten, das taten nur sehr wenige und in einer Art, die rituell wirkte, als versuchten sie, einer Allegorie zu Leibe zu rücken. Was den Maler beeindruckte, war der Blick derer, die keinen Blick hatten. Dieser Verzicht auf die Weite, die absolute Ortlosigkeit, in der sie sich bewegten.

Die Angst fiel von ihm ab, als er sich auf seine Hand konzentrierte. Der Strich folgte der Linie der Furcht, der Verwunderung, des Deliriums. Die Hand bewegte sich in fieberhafter Spirale zwischen den Mauern. Der Maler hielt einen Augenblick inne und schaute auf die

Uhr. Es war schon über die für seinen Aufenthalt vereinbarte Zeit hinaus. Es wurde dunkel. Er nahm das Heft und ging zum Ausgang. Der Riegel war vorgeschoben und mit einem riesigen Vorhängeschloß gesichert. Und niemand war da. Der Maler rief nach dem Krankenwärter, zuerst leise, dann mit lauter Stimme. Er hörte die Glockenschläge der Kirchuhr. Neun Uhr abends. Er hatte sich um eine halbe Stunde verspätet, soviel Zeit war das nicht. Und wenn man ihn nun vergessen hatte? Im Garten stand ein Irrer, die Arme um den Stamm eines Buchsbaums geschlungen. Der Maler dachte, daß der Buchsbaum mindestens zweihundert Jahre alt war und daß der Mann einen Halt suchte.

Die Minuten vergingen, und der Maler hörte sich selbst angstvoll schreien, und der Insasse, der den Buchsbaum umarmte, blickte ihn verständnisvoll an.

Und dann kam ein lächelnder Mann, noch jung, aber in einem Anzug, der ihn fragte, was mit ihm sei. Und der Maler sagte, er sei Maler, er sei mit einer Erlaubnis hergekommen, die Kranken zu porträtieren, und er habe nicht auf die Zeit geachtet. Und dieser junge Mann im Anzug sagte sehr ernst zu ihm: Genau das ist mir auch passiert.

Er fügte hinzu:

Und ich bin seit zwei Jahren hier eingesperrt.

Der Maler konnte seine eigenen Augen sehen. Ein Schneeweiß mit einem einsamen Wolf am Horizont.

Aber ich bin nicht verrückt!

Das habe ich auch gesagt.

Und da er ihn am Rand der Panik sah, lächelte er und gab sich zu erkennen: Das war ein Scherz. Ich bin Arzt. Nur ruhig, wir gehen jetzt raus.

So hatte der Maler Doktor Da Barca kennengelernt. Es war der Beginn einer großen Freundschaft.

Der Gendarm schaute ihn aus dem Halbdunkel an, wie so viele Male zuvor.

Ich kannte Doktor Da Barca auch sehr gut, erzählte Herbal Maria da Visitação. Sehr gut. Nie hätte er ahnen können, wieviel ich von ihm wußte. Lange Zeit war ich sein Schatten. Ich folgte seinen Spuren wie ein Jagdhund. Er war mein Mann.

Es war nach den Wahlen im Februar 1936, die er für die Volksfront gewann. Der Unteroffizier Landesa versammelte insgeheim eine Gruppe von Männern seines Vertrauens, und das erste, was er ihnen sagte, war, daß diese Zusammenkunft niemals stattgefunden hatte. Prägt euch das ein. Was hier gesagt wird, wurde nie gesagt. Es gibt keine Befehle, es gibt keine Anweisungen, es gibt keine Anführer. Es gibt nichts. Nur ich existiere, und ich bin der Heilige Geist. Ich will keine Scheißhaufen. Von jetzt an seid ihr Schatten, und Schatten scheißen nicht, oder sie scheißen weiß wie die Möwen. Ich will, daß ihr mir einen Roman über jedes einzelne dieser Elemente schreibt. Ich will alles wissen. Als er die Liste mit den zu verfolgenden Objekten auseinanderfaltete, Namen von Personen des öffentlichen Lebens und von Unbekannten, spürte der Gendarm Herbal ein prikkelndes Gefühl auf der Zunge. Einer davon war Doktor Da Barca. Ich könnte diesen Mann übernehmen, Herr Unteroffizier. Ich habe seine Spur. Kennt er Sie etwa? Nein, er weiß nicht einmal, daß ich existiere. Denken Sie daran, daß das keine persönliche Sache ist, es geht nur um Information.

Überhaupt nichts Persönliches, Herr Unteroffizier,

log Herbal. Ich werde unsichtbar sein. Bücherkram liegt mir nicht, aber über diesen Typen werde ich Ihnen einen Roman schreiben.

Ich habe gehört, er soll ein guter Redner sein.

Wie eine brennende Lunte, Herr Unteroffizier.

Na, dann mal los.

Wenn Herbal später an diese nicht existierende Zusammenkunft zurückdachte, sollte er sich an den Augenblick erinnern – wieder einmal der Klang der Erinnerung, wie das vom geschlachteten Schwein tropfende Wasser – als von dem Maler die Rede war. Er ist kein Anstreicher, informierte der Unteroffizier Landesa den Agenten, der schließlich mit seiner Überwachung betraut wurde. Der hier malt Ideen. Er wohnt im Haus der Tumbona. Und alle lachten. Alle, außer Herbal, der den Grund nicht wußte und auch nicht danach fragte. Jahre später sollte er ihn vom toten Maler erfahren. *Tumbona*, Liegehilfe, wurde die alte Hure genannt, die den jungen Mädchen das Gewerbe beibrachte. Sie brachte ihnen vor allem bei, was sie tun mußten, um das Gewicht des Mannes auf dem eigenen Körper so kurz wie möglich zu erdulden, und daß die goldene Regel war, vor der Dienstleistung zu kassieren. Von Zeit zu Zeit, erzählte ihm der Verstorbene, klopften sie immer noch bei ihm an der Tür. Väter und Mütter, die mit einem jungen Mädchen kamen und nach der *tumbona* fragten. Meine Frau biß sich auf die Zunge und sagte ihnen, hier gebe es keine *tumbona* mehr. Und dann weinte sie. Sie weinte um jedes von ihnen. Und sie hatte recht. Ganz nahe, in der Rúa do Pombal, würden sie die Gesuchte finden.

Vier Monate nach der Zusammenkunft, Ende Juni, übergab Herbal den Bericht über Doktor Da Barca. Der

Unteroffizier wog ihn in der Hand. Na, das scheint ja wirklich ein Roman zu sein. Es war eine Schreibmappe mit einer Unmenge handschriftlicher Notizen in einer schnörkeligen Schrift. Die zahlreichen, mit Löschpapier vernarbten Tintenflecken wirkten wie Spuren eines anstrengenden Kampfes. Wären sie nicht blau gewesen, hätte man sie für Blutstropfen halten können, die dem Schreiber von der Stirn geronnen waren. In ein und demselben Abschnitt neigten sich die Oberlängen der Buchstaben in unterschiedliche Richtungen, nach rechts oder nach links, wie Ideogramme einer windgetriebenen Flotte.

Der Unteroffizier Landesa begann, aufs Geratewohl ein Blatt zu lesen. Was schreiben Sie hier? *Autonomiestunde* mit einer Leiche! rief er bissig aus. Anatomie, Herbal, Anatomie.

Ich habe Ihnen doch gesagt, daß Bücherkram mir nicht liegt, fiel ihm der Gendarm beleidigt ins Wort.

Eine andere Notiz: »Agoniestunde. Applaus.« Und was ist das?

Das war ein Professor, der Vorgesetzte von Da Barca. Er hat sich auf einen Tisch gelegt und geatmet wie die Toten kurz vor dem Sterben, nämlich stoßweise. Er sprach von etwas, das einigen Sterbenden passiert, eine Art Halluzination, die ihnen hilft, in Frieden dahinzugehen. Er sagte, der Körper sei sehr weise. Und er blieb tot liegen, wie im Theater. Er bekam großen Beifall.

Das wird man sich mal ansehen müssen, kommentierte der Unteroffizier sarkastisch. Und dann fragte er mit großer Verwunderung: Und was schreiben Sie hier? Er las mühsam: Doktor Da Barca. Die Schönheit des … des … Befalls?

Lassen Sie sehen, sagte Herbal, während er zu ihm trat, um ihm über die Schulter zu blicken. Seine Stimme zitterte, als er sich an den Ausdruck erinnerte, den er selbst geschrieben hatte. Die Schönheit des Verfalls, Herr Unteroffizier.

Er, Doktor Da Barca, untersuchte vor den Studenten ein krankes Mädchen, eines von denen von der Fürsorge. Zuerst stellte er ihr ein paar Fragen. Wie sie heiße und woher sie komme. Lucinda, aus Valdemar. Und er sagte, was für ein hübscher Name und was für ein schöner Ort. Dann faßte er sie am Handgelenk und schaute in ihre Augen. Er sagte den Studenten, die Augen seien die Fenster des Gehirns. Dann klopfte er sie ab, so mit den Knöcheln.

Herbal verstummte einen Augenblick, mit verlorenem Blick. Er rief sich noch einmal die Szene zurück, die Verstörung und Bewunderung zugleich in ihm ausgelöst hatte. Das Mädchen in dem dünnen Nachthemd. Dieses Gefühl, sie schon einmal gesehen zu haben, wie sie sich an einem Fenster kämmte. Der Doktor, der sanft zwei Finger der linken Hand auflegte und mit dem rechten Mittelfinger klopfte. Der Ellbogen darf sich nicht bewegen. Man beachte die Reinheit des Klangs. So. Matt. Matt. Hmmm. Weder matt noch paukenartig. Und dann mit diesem Apparat, der in den Ohren steckt, der gleiche Weg. An der Lunge. Hmmm. Danke, Lucinda, du kannst dich wieder anziehen. Es ist ein bißchen kalt. Alles wird gut, du wirst schon sehen. Und als sie fort war, sagte er zu den Studenten: Es ist der Klang einer brechenden Welle. Aber in Wirklichkeit wäre nichts von alldem nötig. Ihr schmales, blasses Gesicht, an den Wangen leicht gefärbt. Die Glasur des Schweißes in dieser kalten Aula. Die Melancholie des Blicks. Diese Schönheit des Verfalls.

Die Tuberkulose, Herr Doktor! ruft ein Student in der ersten Reihe.

Genau. Und er fügte mit bitterem Ton hinzu: Der Koch-Bazillus, der Tuberkel im rosigen Garten aussät.

Herbal spürte den kalten Tentakel des Höhrrohrs auf seiner Brust. Eine Stimme rief: Klingt wie eine brechende Welle!

Die Schönheit des Verfalls. Dieser Ausdruck ist mir aufgefallen, Herr Unteroffizier. Deshalb habe ich ihn aufgeschrieben.

War es nicht unvorsichtig, in die Universität zu gehen?

Ich habe mich unter eine Gruppe portugiesischer Studenten gemischt, die zu Besuch waren. Ich wollte wissen, ob er beim Unterricht politisch agitierte.

Der Unteroffizier hob jetzt den Blick nicht mehr von den Papieren, bis er die Lektüre beendet hatte. Er schien gebannt zu sein von dem, was dort berichtet wurde, und murmelte ab und zu vor sich hin. Er ist also Kubaner? Ja, Sohn zurückgekehrter Auswanderer. Er kleidet sich elegant, was? Wie ein Galan. Aber er hat wohl nur einen Anzug, Herr Unteroffizier, und zwei Fliegen. Und nie trägt er Mantel oder Hut. Er ist erst vierundzwanzig? Er sieht älter aus. Manchmal läßt er den Bart stehen. Hier sagt er, daß die Einarmigen den Stumpf wie eine Faust heben. Er drückt sich wohl gut aus, der Typ. Besser als der Pfarrer in der Kirche. Scheint interessant zu sein, dieses Fräulein Marisa Mallo. Herbal sagte nichts.

Ist sie attraktiv oder nicht?

Sie ist sehr hübsch, ja, aber sie hat nichts damit zu tun.

Womit?

Mit seinen Angelegenheiten.

Der Unteroffizier blätterte in ein paar Presseausschnitten, die Herbal dem Bericht beigefügt hatte. »Das *substratum* der Seele und die intelligente Wirklichkeit.« »Die Kindersärge in der Zeit von Charles Dickens.« »Die Malerei Millets, die Hände der Wäscherinnen und die Unsichtbarkeit der Frau.« »Die Hölle bei Dante, das Bild *Die verrückte Kate* und das Irrenhaus in Conxo.« »Das Problem des Staates, das Urvertrauen und das Gedicht ›Selbstjustiz‹ von Rosalía de Castro.« »Das *Engramm* der Landschaft und das Gefühl der Sehnsucht.« »Der künftige Schrecken: die genetische Biologie, der fanatische Wunsch, gesund zu sein, und der Begriff *unwerten Lebens*.« Der Unteroffizier betrachtete mißtrauisch die gleiche Unterschrift unter allen Artikeln. Dr. Barkowsky.

Barkowsky also, was? Wie es scheint, sagte er, ist dein Mann unermüdlich. Arzt bei der städtischen Fürsorge. Assistent an der medizinischen Fakultät. Und dazu Artikelschreiber, Vortragender, Versammlungsredner. Er geht vom Krankenhaus zum republikanischen Zentrum und hat obendrein noch Zeit, die Braut mit zum Kinematographen im Teatro Principal zu nehmen. Er ist enger Freund dieses Malers, dieses Regionalisten, der die Plakate macht. Er tut sich mit Republikanern, Anarchisten, Sozialisten und Kommunisten zusammen, aber wer zum Teufel ist dieser Typ?

Ich glaube, er ist von allem ein wenig, Herr Unteroffizier.

Anarchisten und Kommunisten können sich auf den Tod nicht ausstehen. In der Zigarettenfabrik in Coruña sind sie neulich fast handgreiflich geworden. Ein seltsamer Typ, dieser Da Barca!

Er scheint ein freier Mensch zu sein. Sowas wie ein Verbindungsmann.

Dann laß kein Auge von ihm. Ein schöner Vogel!

Da stand alles, was man über einen Menschen wissen mußte – die Freunde, die tagtäglichen Wege, die Zigarettenmarke, die er rauchte –, mit einem handwerklichen Ungeschick beschrieben, das es um so nützlicher und zuverlässiger machte.

Der Gendarm Herbal kannte Doktor Da Barca sehr gut, wenn dieser sich das auch nicht vorstellen konnte. Er folgte seinen Spuren schon seit langem, nicht, weil man es ihm aufgetragen hatte, sondern weil es ihm ein inneres Bedürfnis war. Man könnte sagen, er folgte ihm wie ein Hund, der die Witterung seiner Schritte aufgenommen hatte. Er haßte Doktor Da Barca. Der hatte erst unlängst sein staatliches Examen abgelegt und stand schon im Ruf, ein großes medizinisches Talent zu sein. Auch in dem eines Revolutionärs. Bei den Versammlungen auf dem Land sprach er Galicisch mit dem Akzent von Kuba, wo er in einer Emigrantenfamilie geboren worden war, und er hatte diese besondere Art zu reden, diese Gabe der brennenden Lunte, die den Krüppeln Beine machte und bewirkte, daß sogar die Einarmigen die Faust erhoben. Er sagte, man müsse gegen die böse Luft kämpfen.

Viele Leute verstanden die Theorien der Politiker nicht, aber das mit der bösen Luft, das verstanden sie wohl. Ihn selbst, Herbal, hatte als Kind ein solches Übel befallen. Er verfärbte sich grün, ein häßliches Grün wie von Sauerampfer, und wuchs nur in die Breite. Bald watschelte er wie eine Ente. Man schleppte ihn von einem Heiler zum anderen, bis einer seinem Vater sagte, er solle ihn in Tabakwasser tauchen. Und das tat er. Wegen bestimmter Dinge, die vorausgegangen waren und nicht zur Sache gehören, war er überzeugt, daß sein Vater fähig war, ihn wirklich zu ertränken. Er strampelte und biß ihn in die Hand. Da wurde der Vater noch wütender. Verdammter Mistkerl! fluchte er und tauchte ihn ganz in das Faß mit dem Gebräu. Er hielt ihn genau bis zu dem Moment unter Wasser, als er sah, daß er nicht mehr mit den Armen ruderte.

Und kaum kam ich raus, kriegte ich diese Tabakfarbe und fing an, in die Höhe zu wachsen, nur Haut und Knochen, so wie ich jetzt vor dir stehe.

Ja, er verstand ganz genau, was bei diesen Versammlungen der Volksfront gesagt wurde. Wirklich aus dem Dorf herausgekommen war er zum ersten Mal, um den Militärdienst zu machen. Für ihn war das eine Atempause gewesen. Von einigen kurzen Urlauben abgesehen, war er nur zurückgekehrt, um seine Eltern zu begraben. Beim Militär hatte er zu den Truppen gehört, die dem Befehl von General Franco unterstanden, als dieser 1934 in Asturien den Aufstand der Bergarbeiter erstickte, wie das Wort lautete, das alle benutzten. Eine Frau, die vor ihrem toten Mann kniete, hatte ihn mit tränennassen Augen angeschrien: Soldat, auch du bist das Volk! Ja, dachte er, das stimmt. Verfluchtes Volk, verfluchtes Elend. Fortan würde er versuchen, Lohn für seine Dienste zu kassieren. Er wurde Gendarm.

Doktor Da Barca hatte recht. Schon bald sollte ihn

die böse Luft ereilen. Er war einer von denen, die ihn festnahmen, genau gesagt, derjenige, der ihn mit einem Kolbenhieb auf den Hinterkopf überwältigte. Daniel Da Barca war groß und hatte einen kräftigen Oberkörper. Alles an ihm hatte etwas Voranstürmendes. Die Stirn, die jüdische Nase, der Mund mit den fleischigen Lippen. Wenn er etwas erklärte, breitete er die Arme aus wie Flügel, und seine Finger schienen für die Stummen zu sprechen.

In den ersten Tagen nach der Erhebung war er auf der Flucht. Man brauchte nur zu warten, bis er sich sicher fühlte, bis er glaubte, die Jagd habe aufgehört. Als er sich schließlich dem Haus seiner Mutter näherte, warfen sich die fünf der Patrouille auf ihn, und er widerstand wie ein wilder Eber. Die Mutter schrie wie eine Wahnsinnige vom Fenster her. Am wütendsten wurden die von der Patrouille jedoch, als die Näherinnen aus der gegenüberliegenden Werkstatt kamen. Die beschimpften sie, bespuckten sie, und eine von diesen Näherinnen wagte sogar, sie an der Uniformjacke zu zerren und am Hals zu kratzen. Doktor Da Barca blutete aus der Nase, aus dem Mund, aus den Ohren, aber er ergab sich nicht. Bis er, der Gendarm Herbal, ihm auf den Kopf hieb und er mit dem Gesicht zu Boden stürzte.

Und dann wandte ich mich den Näherinnen zu und zielte ihnen auf den Bauch. Und wäre der Unteroffizier Landesa nicht gewesen, dann weiß ich nicht, was ich getan hätte, denn wenn mich etwas rasend machte, dann diese Mädchen, die wie ein Chor von Klageweibern um ihn jammerten. Von seiner Mutter verstand ich das ja, aber diese Mädchen brachten mich auf die Palme. Und dann brach aus mir heraus, was mich tief im Innern zerfraß: Was findet ihr verdammt noch mal an diesem Scheißkerl? Was gibt er euch? Nutten, ihr seid alle Nutten! Dann zog der Unteroffizier mich fort und sagte: Komm, Herbal, wir haben noch viel zu tun.

7

Doktor Da Barca hatte eine Braut. Und diese Braut war die schönste Frau der Welt. Der Welt, die Herbal gesehen und, da war er sicher, der Welt, die er nicht gesehen hatte. Marisa Mallo. Er war Sohn armer Bauern. In seinem Haus im Dorf gab es sehr wenige schöne Dinge. Er erinnerte sich ohne Wehmut an dieses Haus, das voll Rauch oder Fliegen war. Wie eine Rohrleitung im Lauf der Zeit roch die Erinnerung nach Mist und Karbid. Alles, bei den Wänden angefangen, hatte einen Überzug wie von ranzigem Speck, die Farbe von schwärzlichem Gelb, die sich in den Augen festsetzte. Frühmorgens, wenn er die Kühe hinaustrieb, sah er alles durch diese schwärzlich gelben Brillengläser. Sogar die grünen Wiesen sah er so. Aber es gab zwei Dinge im Haus, die er als Schätze betrachtete. Eines davon war seine kleine Schwester Beatriz, blond und mit blauem Blick, immer erkältet und mit grünem Rotz. Und das andere war eine alte Quittengeleedose, in der die Mutter ihren Schmuck aufbewahrte: ein Paar Ohrringe aus Jettstein, einen Rosenkranz, eine Medaille aus venezolanischem Gold, weich wie Schokolade, eine Silbermünze mit dem Bild Alfons XII., die sie von ihrem Vater geerbt hatte, und ein paar mit Perlmutt eingelegte Haarspangen. Und es gab auch ein Glasfläschchen mit zwei Aspirintabletten und seinem ersten Zahn.

Er legte den Zahn auf die Handfläche, und er kam ihm wie ein von einer Maus angenagtes Roggenkorn vor. Aber das eigentlich Schöne war die alte, in den Fugen verrostete Blechdose. Auf dem Deckel befand sich das Bild eines Mädchens mit einer Frucht in der Hand, einem Einsteckkamm im Haar und einem roten, mit weißen Blumen bedruckten Kleid mit Volants an den Ärmeln. Als er Marisa Mallo zum ersten Mal sah, war es, als wäre sie der Quittendose entsprungen, um auf dem großen Markt in Fronteira herumzuspazieren. Sie waren gekommen, um ein Schwein und Frühkartoffeln zu verkaufen. Vom Dorf in die Ortschaft mußte man drei Kilometer auf schlammigen Wegen gehen. Vorneweg ging der Vater mit seinem Filzhut und der Kleinen in den Armen, hinten die Mutter mit dem schweren Korb auf dem Kopf und er in der Mitte, das Schwein hinter sich herziehend, um dessen eines Bein ein Strick gebunden war. Zu seiner Verzweiflung versuchte das Tier ständig, im Schlamm zu wühlen, und als sie nach Fronteira kamen, sah es aus wie ein großer Maulwurf. Der Vater gab ihm eine Ohrfeige. Wer wird dieses Ferkel kaufen? Da war er, auf dem Markt, und rieb die Kruste mit einem Strohbüschel ab, als er den Kopf hob und sie vorbeigehen sah. Sie wirkte wie eine junge Frau im Kreis der anderen Mädchen, die sie nur zu begleiten schienen, damit man mit dem Finger auf sie zeigte und sagte, das ist die Königin. Sie flatterten wie ein Schmetterlingsschwarm hin und her, und er folgte ihnen mit dem Blick, während sein Vater fluchte, weil niemand dieses schmutzige Schwein kaufen würde, und das war seine Schuld. Und er träumte, das Schwein wäre ein Lamm, und sie träte heran und kämmte seine Locken mit ihren Fingern. Dich müßte man verkaufen und nicht das Schwein, murmelte der Vater. Wenn dich überhaupt jemand haben will.

Mein Vater war so. Wenn er den Tag fluchend begann, dann gab es keine Umkehr mehr, wie bei jemandem, der unter seinen Füßen eine Mistgrube aushebt. Und ich dachte, ja, hoffentlich kommt jemand, um mich zu kaufen, bindet mir einen Strick ums Bein und nimmt mich mit.

Nach einer Weile verkauften sie das Schwein und die neuen Kartoffeln. Und die Mutter konnte eine Dose Öl kaufen, auf der das Bild einer anderen Frau war, die ebenfalls Marisa Mallo glich. Und sie kamen noch viele Male zum großen Markt in Fronteira. Die Laune seines Vaters machte ihm nichts mehr aus. Für ihn waren es Festtage, die einzigen des ganzen Jahres, die einen Sinn hatten. Während er die Kühe weidete, wartete er sehnsüchtig darauf, daß der erste Tag des Monats kam. Und so konnte er sehen, wie Marisa Mallo heranwuchs und zur Frau wurde, sie, die aus einer der mächtigen Familien der Gegend stammte, die Patentochter des Bürgermeisters, die Tochter des Notars, die kleine Schwester des Gemeindepfarrers von Fronteira. Und, vor allem, die Enkelin von Don Benito Mallo. Und er hatte niemals ein Lamm, um zu sehen, wie sie herantrat und die wolligen Locken kämmte.

8

Als sie im Auto zurückkehrten, nachdem sie die Sache mit dem Maler erledigt hatten, und während der Rest des Trupps eine Flasche Kognak von Mund zu Mund gehen ließ, spürte er zum ersten Mal diese Störung im Kopf. Als würden sich Leute hineindrängen. Die Falangisten waren nicht mehr wütend, sondern lachten laut und klopften ihm auf die Schulter. Trink, verdammt, los, trink. Aber er sagte, er trinke nicht. Und sie wollten sich ausschütten vor Lachen. Seit wann, Herbal? Und er antwortete sehr ernst, schon immer. Alkohol bekommt mir nicht. Aber du bist doch ständig voll! Laß ihn, sagte der, der fuhr, das ist heute nicht seine Nacht. Sogar seine Stimme wirkt verändert.

Und dann sagte er nichts mehr. Er hatte einen Schuß gehört und war getroffen zu Boden gestürzt. Im Trichter einer schnurgeraden Straße zeichnete er den Portikus der Seligkeit mit einem Zimmermannsstift. Und er tat es mit unglaublichem Geschick. Er konnte es mit Worten beschreiben, die er niemals benutzt hatte. Die Schönheit der Engel mit den Instrumenten der Passion in den Händen, sagte ihm der Kopf, ist eine schmerzerfüllte Schönheit, in der sich die Traurigkeit über den ungerechten Tod von Gottes Sohn ausdrückt. Und als er den Propheten Daniel zeichnete, gelang ihm das heitere, steinerne Lächeln, und als er der Richtung seines Blicks folgte, gewahrte er die Lösung des Rätsels. Über den Obradoiro-Platz, in Sonnenstrahlen gehüllt, mit einem von einem weißen Tuch bedeckten Korb, kam Marisa Mallo mit dem Essen.

Wie war die Sache gestern, Herbal? fragte ihn düster der Direktor. Er war ein Büßer, sagte Herbal.

Er merkte, daß der Direktor ihn verwundert anschaute, und erinnerte sich an das, was man ihm in der Nacht gesagt hatte, daß seine Stimme sich verändert habe. Von nun an war es besser, den Mund zu halten. Nur einsilbig zu antworten. Ja, nein.

Und als Marisa Mallo mit dem Essen hereintrat, antwortete er auf ihren Gruß mit einem Brummen und einer brüsken Geste, die bedeutete, stell den Korb hierhin, ich will ihn untersuchen. Und kaum hatte er das Tuch gehoben, sah er den Landkäse, eingewickelt in ein Kohlblatt. Da ist der Kolben drin, sagte das Visier des Kopfes. Und am nächsten Tag kam sie wieder mit dem Korb, und er sah die Trommel des Revolvers in einem Stück Biskuit und sagte mit einer Kopfbewegung, in Ordnung, der Korb kann durch. Am dritten Tag wußte er schon, daß der Lauf im Brot steckte. Und er erwartete neugierig die weitere Lieferung, den Morgen, an dem Marisa mit Augenringen erschien, die er nie an ihr gesehen hatte, denn endlich blickte er ihr ins Gesicht und wagte es, sie von oben bis unten zu entblößen, als wäre sie Käse, Biskuit und Brot. Ich bringe ein paar Forellen, sagte sie. Und er sah eine Kugel im Bauch jeder Forelle und sagte, gut, ich werde sie ihm schon geben, und jetzt geh.

Bislang war er Marisa Mallos Augen ausgewichen. Mit gesenktem Kopf heftete er seinen Blick auf ihre Handgelenke. Und es schmerzte ihn zu wissen, daß es stimmte, was gemunkelt wurde. Daß sie sich die Pulsadern aufgeschnitten hatte, als ihre Verwandten, die Herren von Fronteira, mit allen Mitteln zu erreichen versucht hatten, daß sie Doktor Da Barca für immer vergaß. Marisa Mallo war nur noch Haut und Knochen. Marisa Mallo trug Verbände, als wären es Armbänder. Marisa Mallo war bereit, für Doktor Da Barca zu sterben. Und dann ging er in die Wachstube und tauschte mit größter Vorsicht die Kugeln gegen welche von anderem Kaliber aus. Als er in der Dunkelheit der Nacht den Revolver zusammensetzte und versuchte, die Trommel zu füllen, wußte Doktor Da Barca, daß das Fluchtunternehmen gescheitert war. Unter der Steinplatte, die er zur Verblüffung seiner Gefährten hatte herauslösen können, versteckte er für immer einen Revolver mit unbrauchbaren Kugeln.

Wenige Nächte darauf kamen die vom Trupp, um ihn zu holen. Es waren Leute aus Fronteira darunter, die ihn gut kannten und es schon lange auf ihn abgesehen hatten. Auch ein gescheiterter Medizinstudent. Aber Herbal ließ sie nicht in die Zellen. Die Stimme im Kopf diktierte wie ein Souffleur. Sag ihnen, daß er nicht mehr da ist, daß man ihn heute nachmittag zufällig nach Coruña gebracht hat. Was für ein Zufall. Der, den ihr sucht, sagte er, wurde heute nach Coruña gebracht, für ein Schnellstverfahren. Ich möchte nicht an seiner Stelle sein. Und da die anderen in fester Absicht gekommen waren, im Auftrag irgendeines hohen Tieres, hob er die Hand an die Kehle. Man wird einen öffentlichen Schauprozeß veranstalten, mit einer gut ausgewählten Besetzung. In zwei oder drei Tagen erledigt man sie auf dem Campo da Rata, ihr könnt beruhigt wieder gehen, und Arriba, España!

Etwas Wahres war an der Erfindung, denn in den letzten Tagen war es zu eiligen Verlegungen in das Gefängnis von Coruña gekommen. In jener Nacht ging der Gendarm Herbal in das Büro des Direktors und suchte in den Papieren, bis er die Verlegungsbefehle fand. Für den nächsten Tag war die Verlegung von drei Grundschullehrern vorgesehen. Der Verstorbene sagte zu ihm: Nimm die Order, jetzt den Federhalter des Direktors und schreib auf diese freie Stelle den vollständigen Namen von Da Barca. Keine Sorge, ich helfe dir bei der Schrift.

Und als ihm am nächsten Tag Doktor Da Barca am Tor begegnete, auf dem Weg zu seinem neuen Bestimmungsort, mit Handschellen gefesselt und als einzigen Besitz den kleinen Koffer unter dem Arm, den er als Arzt benutzt hatte, bemerkte er seinen strengen Blick, Augen, die sagten, ich werde dich nicht vergessen, Klappergestell, Mörder des Malers, lang sollst du leben, damit in dir das Geschwür der Reue wachsen kann und du ganz langsam an deiner eigenen Fäulnis krepierst. Als Marisa Mallo zur Besuchszeit kam, sagte er ihr, er ist nicht mehr da, der, nach dem Sie fragen, steht nicht auf der Liste, ohne weitere Erklärungen, mit der größten Kälte, als wäre der Betreffende ein völlig Fremder, einer, den die Zeit verschluckt hatte. Und all das, weil er sehen wollte, wie traurig die schönste Frau werden konnte. Um zu sehen, wie Tränen aus einem unerreichbaren Quell hervortraten. Und nach einigen ewigdauernden Sekunden, als würde er ein hauchdünnes Porzellan in der Luft auffangen, das beinahe zerbrochen wäre, fügte er hinzu: Er ist in Coruña. Er lebt.

Noch am gleichen Tag ging er zum Unteroffizier Landesa. Herr Unteroffizier, ich möchte Sie um einen sehr persönlichen Gefallen bitten. Sagen Sie nur, Herbal.

Der Unteroffizier Landesa schätzte ihn. Immer hatte er ausgeführt, was ihm befohlen wurde, ohne Fragen zu stellen. Sie verstanden sich gut. Beide hatten sie sich als Kinder die nackten Füße am gleichen Ginster zerkratzt. Sehen Sie, Herr Unteroffizier, ich hätte gern, daß Sie für mich die Versetzung nach Coruña bewerkstelligen. Meine Schwester lebt dort, sie hat einen Mann, der sie schlägt, und sie wird mir Kost und Logis geben, damit ich ihn in die Schranken verweise. Wird gemacht, Herbal, und treten Sie ihm mit einem schönen Gruß von mir in die Eier. Und er unterschrieb ihm ein Papier und stempelte es ab, denn aus irgendeinem Grund hatte der Unteroffizier Landesa mehr zu sagen, als sein Rang vermuten ließ. Danach ging er zu dem Offizier, dem es oblag, die Versetzungen im Korps zu genehmigen. Er war ein mißtrauischer Mann, einer von denen, die meinen, daß ihre Arbeit, anderen Steine in den Weg zu legen, eine Aufgabe von welterschütternder Bedeutung ist. Als er ihm erklärte, ihm liege daran, an das Gefängnis in Coruña versetzt zu werden, unterbrach ihn der Offizier, erhob sich von seinem Bürostuhl und hielt ihm eine feurige Rede. Wir führen einen unerbittlichen Krieg gegen das Böse, von unserem Sieg hängt die Rettung der Christenheit ab, Tausende von Männern setzen zu dieser Stunde in den Schützengräben ihr Leben aufs Spiel. Und was machen wir währenddessen? Anträge bearbeiten. Pipifax. Freiwillige, Freiwillige, um für Gott und das Vaterland zu kämpfen, das hätte ich gerne hier, eine Schlange, vor der Tür meines Büros. Daraufhin hielt Herbal ihm das von Unteroffizier Landesa unterzeichnete Papier hin, und der Offizier wurde blaß. Warum zum Teufel haben Sie mir nicht gleich gesagt, daß Sie zum Nachrichtendienst gehören? Und der Maler flüsterte ihm zu, als amüsierte er sich über das Geschehen: Sag ihm, daß es nicht deine Aufgabe ist, Reden zu halten. Aber er schwieg. Melden Sie sich gleich morgen an Ihrem neuen Bestimmungsort. Und vergessen Sie, was ich gesagt habe. Der Kampf findet hauptsächlich in der Etappe statt.

9

Im Gefängnis von Coruña gab es Hunderte von Häftlingen. Alles schien gut organisiert zu sein, technisch perfekter zu funktionieren. Sogar die nächtlichen Abholaktionen. Man brachte sie zu Fuß zum Campo da Rata, am Ufer des Meeres. Zuweilen, während der Salven, ließen die Lichtkegel des Herkules-Leuchtturms die Erschossenen in ihren weißen Hemden aufleuchten. Das Meer brüllte an den Steilklippen zwischen Punta Herminia und San Amaro wie eine verhungernde Kuh vor den Streben der leeren Futtertröge. Nach jeder Salve breitete sich eine Stille menschlicher Klage aus. Bis die Litanei der hungernden Kuh wieder einsetzte.

Zu den Vergnügungen der Leute des nächtlichen Trupps gehörte der aufgeschobene Tod. Bisweilen ließ man unter den Gefangenen, die ausgewählt worden waren, um getötet zu werden, einen überleben. Und dieses Schicksal, dieses vom Zufall abhängige Leben, machte alles noch dramatischer, vorher und nachher. Vorher, weil eine winzige, willkürliche Hoffnung sich vor das Mitgefühl schob, das die aus der Gruppe füreinander empfanden. Und nachher, weil derjenige, der zurückkehrte, mit seinen entsetzten Augen Zeugnis des Schrekkens ablegte.

Eines Tages Anfang September, kurz vor Sonnenuntergang, als er einsam auf einem Wachturm stand und den Flug eines Kormorans verfolgte, sagte die Stimme des Malers zu ihm: Versuch, heute nacht als Freiwilliger mitzugehen. Und er, ohne Angst, daß jemand ihn hören könnte, antwortete verärgert: Laß mich in Ruhe. Komm, Herbal, wirst du ihn jetzt verlassen? Geh mir nicht länger auf den Sack, Maler, siehst du nicht, wie er mich anschaut? Es ist, als würde er mir zwei Spritzen in die Augen stechen. Wenn Marisa ihn besuchen kommt, dann denkt er, daß ich es von mir aus tue, wenn ich mich zwischen sie stelle, um zu hören, was sie sagen, und zu verhindern, daß sie sich auch nur mit den Fingerspitzen berühren. Dieser Typ weiß nicht, was Vorschriften sind! Na ja, sagte der Maler, du hättest ein bißchen den Blinden spielen können. Das habe ich doch getan, du weißt, daß ich das schon getan habe, ich habe zugelassen, daß sie sich mit den Fingerspitzen berühren.

Und was haben sie zueinander gesagt? fragte Maria da Visitação, während sie die Fingenkuppen beider Hände gegeneinanderstützte.

Es war sehr laut. Es gab so viele Häftlinge und Besucher, daß sie sich nicht einmal schreiend verständigen konnten. Sagen taten sie sich, was sich Verliebte eben sagen, nur merkwürdiger.

Er sagte, wenn er rauskäme, würde er nach Porto gehen, zum Belhão-Markt, und ihr ein Säckchen farbige Bohnen kaufen, von denen, die man Wunderbohnen nennt.

Sie sagte, sie würde ihm ein Säckchen Stunden schenken. Sie würde einen Händler aus Valencia kennen, der Stunden verlorener Zeit verkauft.

Er sagte, sie würden ein Mädchen haben und das würde eine Dichterin werden.

Sie sagte, sie hätte geträumt, daß sie schon vor Jahren einen Jungen gehabt hätten, der auf einem Schiff geflohen und Geiger in Amerika sei.

Und ich dachte, daß dies keine nützlichen Berufe sind in diesen Zeiten.

Und Herbal paßte diese Nacht auf, um sich dem Trupp freiwillig anzuschließen, wenn der Augenblick käme, die Leute herauszuholen. Denn das war wirklich seltsam. Ohne jede Vorankündigung, als hinge es mit dem Mond zusammen, wußte jeder, wann Blutnacht war. Und im Erschießungskommando, vor Doktor Da Barca, gab er sich gleichgültiger denn je, als wäre es das erste Mal, daß er ihn sah. Aber dann, als er zielte, dachte er an seinen Onkel, den Fallensteller, und sagte mit dem Blick: Ich würde es lieber nicht tun, mein Freund. Die Häftlinge, geübt im Martyrium, versuchten, sich aufrecht zu halten auf den Abfallhaufen des Campo da Rata, aber der starke Seewind ließ sie wie Wäsche am Tau eines Schiffes flattern. Der als erster schoß und die Jagd eröffnete, wartete, bis ein Lichtstreif vorbeigefegt war und längere Zeit Dunkelheit herrschte. Es war, als würden sie gegen den Wind schießen. Wenig mehr, und ein Stoß des Nordostwindes hätte ihnen die Toten entgegengeschleudert.

Doktor Da Barca stand noch immer aufrecht.

Nimm ihn mit, drängte der Maler mit leiser Stimme. Rasch!

Der hier geht zurück! sagte Herbal. Und er lief rasch mit ihm los, wie ein Jäger, der eine lebende Taube an den Flügeln fortträgt.

Wer von der Reise in den Tod zurückkehrte, gehörte fortan zu einer anderen existentiellen Kategorie. Zuweilen verlor einer unterwegs den Verstand und die Sprache. Für die Leute vom Trupp selbst verwandelte er sich in eine Art unsichtbares, unantastbares Wesen, das man eine Zeitlang ignorieren mußte, bis es wieder seine sterbliche Natur erlangte.

Doktor Da Barca holten sie jedoch wenige Tage später von neuem ab.

Wach auf, die Torriegel! warnte der Maler und schüttelte Herbal am Ohr. Nein, nein, dieses Mal nicht, sagte der Gendarm laut. Schluß. Laß mich in Frieden. Wenn er sterben muß, dann soll ihn endlich der Blitz treffen. Hör zu. Willst du jetzt kneifen? Du gehst überhaupt kein Risiko ein, sagte der Maler. Ach nein? antwortete Herbal fast schreiend. Ich werde langsam verrückt, reicht das nicht? Nicht schlecht für diese Zeiten, sagte der Maler.

Die Wachleute des Haupttors hatten einen Trupp ins Gefängnis hereingelassen, Leute, die ihm unbekannt waren, bis auf einen, der ihn erschaudern ließ, ihn, der an alles gewöhnt war: ein Geistlicher, den er bei einer offiziellen Zeremonie gesehen hatte und der jetzt das Blauhemd und eine Pistole am Gurt trug. Sie liefen Gänge und Zellen ab, sammelten die Männer einer Liste ein. Sind wir soweit? Einer fehlt! Daniel Da Barca. Die verzagte Stille der Totenwache. Die Taschenlampe beleuchtete eine Gestalt. Dombodán. Herbal, der sagt: Der muß es sein. Aber auf einmal die entschlossene Stimme des Phantoms: Wen suchen Sie? Daniel Da Barca. Das bin ich.

Und jetzt? fragt Herbal verwirrt. Geh mit ihnen mit, Dummkopf, befiehlt ihm der Maler.

Das Gerücht lief von Zelle zu Zelle. Doktor Da Barca wird zum zweiten Mal geholt. Als wäre das Maß des Unglücks voll, erbrach das Gefängnis plötzlich alle Schreie der Verzweiflung und Wut, die sich in diesem endlosen Sommer 1936 angestaut hatten. Die Rohre, die Gitter, die Wände, ein wildes Getöse, von den Menschen auf die Dinge übertragen.

Auf dem Weg, am Ufer des Strandes von San Amaro, sagt Herbal: Der da ist für mich. Eine persönliche Angelegenheit.

Er schleppte Doktor Da Barca in den Sand. Mit einem Faustschlag in den Magen ließ er ihn in die Knie brechen. Er packte ihn an den Haaren: Mach den Mund auf, verdammt. Der Lauf an den Zähnen. Besser, er schlägt sie mir nicht ein, dachte der Doktor. Er steckte ihm den Lauf hinein. Im letzten Augenblick senkte er ihn.

Ein Dreckskerl weniger, sagte er.

Am Morgen nahmen ihn ein paar Wäscherinnen mit. Sie wuschen ihm die Wunden mit Meerwasser aus. Ein Trupp Soldaten überraschte sie. Wo kommt der denn her? Aus dem Gefängnis hier, wie die anderen. Und sie zeigten auf die Toten. Was werdet ihr mit ihm machen? fragten die Frauen. Na, ihn wieder hinbringen, was sollen wir sonst machen? Uns die Eier abschneiden lassen?

Armer Mann! Gibt es einen Gott im Himmel?

Doktor Da Barca hatte eine glatte Wunde. Die Kugel war aus dem Hals herausgetreten, ohne ein lebenswichtiges Organ zu verletzen. Er hat viel Blut verloren, sagte Doktor Soláns, aber mit ein wenig Glück erholt er sich wieder.

Heilige Jungfrau! Ich glaube fast, daß das ein Wunder ist, eine Botschaft. Selbst in der Hölle gibt es bestimmte Regeln, bemerkte der Gefängniskaplan. Am besten, sie warten den Kriegsrat ab. Dann können sie ihn erschießen, wie es sich gehört.

Sie unterhielten sich im Büro der Direktion. Auch der Chef war beunruhigt: Ich weiß nicht, was da oben los ist, sie sind sehr nervös. Sie sagen, dieser Doktor Da

Barca müßte längst tot ein, als einer der ersten seit Beginn der Bewegung. Sie wollen nicht, daß es zur Verhandlung kommt. Anscheinend besitzt er die doppelte Staatsangehörigkeit, und es kann Scherereien geben.

Er trat an das Fenster des Büros. In der Ferne, nahe am Herkulesturm, meißelte ein Steinmetz steinerne Kreuze. Im Vertrauen, Pater, ich werde Ihnen sagen, was ich weiß. Sie wollen ihn mit allen Mitteln aus dem Verkehr ziehen. Übrigens, er hat ein Mädchen, eine wahre Augenweide. Ein ganzes Weib, glauben Sie mir. Nun ja. Die Toten, die nicht sterben, führen zu Komplikationen.

Dieser Mann lebt, sagte mit seltsamer Bestimmtheit Doktor Soláns. Ich habe einen Eid geleistet, und ich gedenke, mich daran zu halten. Jetzt bin ich für seine Gesundheit zuständig.

In den Tagen der Behandlung hielt Doktor Soláns Wache auf dem Krankenrevier. Nachts verriegelte er die Tür von innen. Als Doktor Da Barca sprechen konnte, entdeckten sie eine gemeinsame Vorliebe: Die *Allgemeine Pathologie* von Doktor Nóvoa Santos.

Übrigens, Pater, sagte der Direktor, von den Vertraulichkeiten angeregt, wie denken Sie über den Fall von Dambodán, ich meine den, den sie das Kind nennen?

Denken, wieso? sagte der Pater.

Er ist zum Tode verurteilt. Aber wir alle wissen, daß er ein bißchen zurückgeblieben ist. Der Dorftrottel von Cotolengo.

10

Im Gefängnis gab es keinen größeren Freundschaftsbeweis als die Hilfe beim Lausen. Wie Mütter bei ihren Kindern.

Es war unmöglich, Seife zu bekommen, und die Kleidung wurde nur mit Wasser gewaschen, das sehr knapp war. Man mußte mit geduldiger Hand die Parasiten und die Nissen entfernen. Die zweite Fauna, die im Gefängnis besonders zahlreich gedieh, waren die Ratten. Man war mit ihnen vertraut. Sie trieben sich in der Nacht zwischen den vagen Gestalten der Träume herum. Was zum Teufel fraßen sie? Die Träume, sagte Doktor Da Barca. Sie nagen an unseren Träumen. Die Ratten ernähren sich genauso von der Unterwelt wie von der Oberwelt.

Im Gefängnis gab es auch eine Grille. Dombodán hatte sie im Hof gefunden. Er baute ihr ein Häuschen aus Pappe, dessen Tür immer offen war. Sie zirpte Tag und Nacht auf dem kleinen Tisch des Krankenreviers.

Als Doktor Da Barca genesen war, wurde er vor den Kriegsrat gestellt und zum Tode verurteilt. Er galt als einer der führenden Vertreter der Volksfront, der politischen Koalition der »antispanischen Kräfte«, die für Galicien das Autonomie-Statut propagierte und »separatistisch« ausgerichtet war, und als einer der Köpfe des »revolutionären Kommitees«, das den Widerstand gegen die »glorreiche Bewegung« von 1936 organisiert hatte.

Monatelang kam es in den Amtsräumen der neuen Macht zu einem angespannten Hin und Her. Der Fall Doktor Da Barca war im Ausland bekannt geworden und hatte zu einer internationalen Kampagne für seine Begnadigung geführt. Nicht, daß das Lager der Aufständischen besonders empfänglich für solcherlei Appelle gewesen wäre, aber in diesem Fall gab es einen Umstand, der die Vollstreckung des Urteils komplizierte. Als in Kuba Geborener besaß der Angeklagte die doppelte Staatsangehörigkeit. Die Regierung dieses Landes war mit Franco verbündet, aber die gesamte Presse erhob in großen Schlagzeilen die Forderung nach Gnade. Selbst die konservativste Öffentlichkeit nahm gerührt Anteil an der Geschichte dieses Mannes, der mit wundersamer Hartnäckigkeit den Klauen des Todes entronnen war. Während man ungeduldig abwartete, berichteten die Chroniken, als bestünde eine geheime Funkverbindung über den Atlantik hinweg, Einzelheiten des Prozesses und unterstrichen die Tapferkeit des jungen Arztes im Angesicht eines Gerichts, das aus Militärpersonen bestand. Am häufigsten wiederholt wurde die Version, derzufolge er seine Rede mit zwei Versen beendet habe, die den ganzen Saal erschaudern ließen.

Das ist Spanien! Betäubt und übel zugerichtet
unter dem gewaltigen Gewicht seines Mißgeschicks.

Und es gab auch einen Chronisten, der ihm eine passende Anrufung an José Martí als krönenden Abschluß des Plädoyers unterstellte, eine wahrscheinlich apokryphe, aber wohlmeinende Charakterisierung, die dem bekannten effektvollen Stil des Schreibers geschuldet war:

Dem Grausamen, der mir entreißt
das Herz, mit dem ich lebe,
nicht Nessel oder Dorn ich gebe:
es ist die Rose, und sie ist weiß.

Später hieß es, er habe ein paar Verse gesagt und sei mit erhobenem Säbel unterbrochen worden, aber ich war dabei, und so war es nicht, erzählte Herbal Maria da Visitação. Doktor Da Barca hat kein Gedicht aufgesagt. Er redete stehend und die ganze Zeit sehr bedächtig, als ließe er einen Papierdrachen steigen, was allein schon das Gericht verdroß, das ihm das Wort nur der Form halber überlassen hatte, gewissermaßen schon mit einem Bein außerhalb des Saales. Am Anfang sagte er etwas über die Gerechtigkeit, das mir wie Kauderwelsch erschien, was man aber von der Absicht her verstand. Und dann redete er von den Zitronen und von Dombodán. Dieser Dombodán war ein großer Junge, herzensgut und ein bißchen zurückgeblieben, einer von denen, die wir auf dem Land Unschuldige nennen; sie hatten ihn zusammen mit einigen Bergarbeitern festgenommen, die mit Dynamit nach Coruña wollten, um es zu verteidigen. Er war auf den Lastwagen gestiegen, und sie hatten ihn gelassen, denn Dambodán ging immer dorthin, wo die Bergarbeiter hingingen, wie ein Maskottchen. Er wartete in der Todeszelle auf die Hinrichtung. Er begriff nicht einmal, daß sie ihn umbringen würden. Über sich selbst sagte Doktor Da Barca nichts, und ich glaube, daß sich das Gericht darüber am meisten ärgerte. Außerdem war es schon Zeit zum Mittagessen.

Meine Herren Richter, mag Doktor Da Barca gesagt haben, die Gerechtigkeit gehört in den Bereich der seelischen Kräfte. Und deshalb kann sie an den ungünstigsten Orten gedeihen, denn wenn man nach ihr ruft, kommt sie herbei, bisweilen mit verbundenen Augen, aber aufmerksamem Ohr, man weiß nicht so genau, woher, wie etwas, das Richtern und Angeklagten und sogar den geschriebenen Gesetzen vorausgeht. Kommen Sie zur Sache, sagte der Vorsitzende des Gerichts streng, das ist hier kein Gelehrtenverein. Einverstanden, Herr Richter. In der Zeit der großen Seefahrten war die hauptsächliche Ursache der Sterblichkeit der Skorbut, mehr als Schiffbrüche und Seeschlachten. Deshalb wurde er die *Seemannskrankheit* genannt. Bei langen Fahrten kehrten von jeweils hundert Seeleuten nur zwanzig lebend zurück. In der Mitte des 18. Jahrhunderts nahm Kapitän James Cook ein Faß Zitronensaft als Teil der Verpflegung mit an Bord und entdeckte, daß ... Ich werde Ihnen das Wort entziehen. Es handelt sich um mein Testament. Dann fassen Sie sich kurz, ich glaube nicht, daß Sie so alt sind, um bis zu Christoph Kolumbus zurückgehen zu müssen. Ein kleiner Vorrat an Zitronen, meine Herren, würde genügen, um Strafen zu verhindern, die kein Gericht verhängt hat. Ich habe auf verschiedenen Wegen darum gebeten, auch um Verbände und Jod, denn das Krankenrevier ... Sind Sie fertig? Was mich selbst betrifft, so möchte ich meine Scham überwinden und einen mildernden Umstand geltend machen. Ich habe die unvorhergesehene Freizeit meines Gefängnisaufenthalts ausgenutzt und mich analysiert, bis ich, nicht ohne Überraschung meinerseits, eine psychische Anomalie bei mir entdeckt habe. In Dingen der Gesundheit können nicht einmal wir Ärzte uns etwas vormachen. Mein Fall könnte als leichte, aber chronische geistige Zurückgebliebenheit beschrieben werden, womöglich Folge einer komplizierten Geburt und einer mangelhaften Ernährung in der Kindheit. Einige Personen in der gleichen Situation, wenn auch emotional stärker vernachlässigt, wurden mit Geisteskranken verwechselt und in die Irrenanstalt in Conxo eingeliefert. Mich nahm die Gemeinschaft auf, sie wies mir einen Winkel zu, sie betraute mich mit Arbeiten einer ewigen Kindheit, wie Wasser vom Brunnen holen oder Brot vom Ofen oder auch solchen, die der Triebkraft bedurften, die sich hinter meiner Sanftmut verbarg, wie Holz für den Herd herbeischaffen oder Steine für eine Umfriedung und sogar ein Kalb in den Armen. Und dafür nannte das Dorf mich weise und wissend den Unschuldigen und nicht den Trottel. Und die Bergarbeiter machten mich zu ihrem Freund. Sie luden mich in die Kneipe ein, sie nahmen mich zur Kirmes mit, und ich trank und tanzte, als käme ich jeden Tag zusammen mit ihnen von der Arbeit. Wo sie hingingen, ging auch ich hin. Und nie nannten sie mich Trottel. Das bin ich, meine Herren Richter, ein Unschuldiger. Dombodán, das Kind.

Der Name Dombodán explodierte wie ein Sprengkörper zwischen den vier Wänden des Gerichtssaales. Der Vorsitzende des Gerichts erhob sich mit verzerrtem Gesicht und hieß Doktor Da Barca schweigen, die Hand am Säbel. Es reicht mit dem Theater. Die Verhandlung ist abgeschlossen. Das Gericht zieht sich zur Urteilsfindung zurück. Am liebsten hätten sie gleich dort das Totenamt gehalten.

11

Die internationale Kampagne tat dieses Mal ihre Wirkung. Im letzten Augenblick. Auf Bitten der kubanischen Regierung wurde Doktor Da Barcas Todesstrafe in lebenslängliches Gefängnis umgewandelt.

Er hatte sich durch sein ganzes Wesen sozusagen zum Beistand des Gefängnisses gemacht, erzählte Herbal Maria da Visitação. Er war wie einer dieser Heiler, die aus der Entfernung nur mit einem Spruch Warzen heilen. Sogar als er mit einem Fuß hier und mit dem anderen dort stand und auf die Hinrichtung wartete, sprach er den anderen Mut zu.

Die politischen Häftlinge lebten wie in einer Art Kommune. Leute, die auf der Straße kein Wort miteinander wechselten, die sich geradezu haßten, wie die Anarchisten und die Kommunisten, halfen sich gegenseitig im Gefängnis. Sie gaben sogar zusammen ein Untergrundblatt heraus, das *Bungalow* hieß.

Die alten Republikaner, einige davon altgediente Regionalisten der *Cova Celta* und der *Irmandades da Fala*, die sogar am Abendmahl in der Messe teilnahmen, bildeten, Rittern der Tafelrunde gleich, den Ältestenrat, um Konflikte und Streitigkeiten unter den Insassen zu schlichten. Die Zeit der nächtlichen Abholaktionen ohne Urteil war vorbei. Während die Trupps ihrer schmutzigen Arbeit draußen nachgingen, hatten die Militärs beschlossen, daß auch in den Kesseln der Hölle eine gewisse Disziplin herrschen mußte. Die Erschießungen gingen weiter nach vorherigem Schnellstverfahren vor dem Kriegsrat.

Mit ihrer heimlichen Selbstverwaltung verbesserten

die Häftlinge soweit möglich das Leben im Gefängnis. Sie ergriffen auf eigene Rechnung hygienische Maßnahmen und kümmerten sich um die Nahrungsmittelverteilung. Der offizielle Zeitplan wurde von einem ungeschriebenen überlagert, der in Wahrheit die tägliche Routine regelte. Die Aufgaben wurden mit so großem Organisationsgeschick und so effizient verteilt, daß sich selbst viele gewöhnliche Häftlinge um Hilfe an sie wandten. Hinter den Gittern gab es – im wahrsten Sinne des Wortes – eine Schattenregierung, ein Parlament und Friedensrichter. Und auch eine Schule für Humanwissenschaften, einen Tabakposten, einen gemeinsamen Fonds, der auch als Genossenschaft fungierte, und ein Krankenhaus.

Das Krankenhaus der Häftlinge war Doktor Da Barca.

Es gab noch mehr Personal im Krankenrevier, erzählte Herbal Maria da Visitação, aber er war es, der die Hauptlast trug. Selbst der offizielle Arzt, Doktor Soláns, befolgte seine Anweisungen, wenn er zur Visite kam, als wäre er ein zufälliger Gehilfe. Dieser Soláns machte kaum den Mund auf. Wir alle wußten, daß er sich irgendeine Droge spritzte. Man sah, daß das Gefängnis ihn anwiderte, obwohl er doch nicht drinnen saß. Er wirkte immer abwesend, verwundert über diesen Ort der Welt, an den es ihn mit seinem weißen Kittel verschlagen hatte. Doktor Da Barca dagegen sprach alle Häftlinge mit dem Namen an und kannte ihre Geschichte, ob es nun politische oder gewöhnliche Gefangene waren, ohne eine Kartei zu benötigen. Ich weiß nicht, wie er es anstellte. Sein Kopf war schneller als der Kalender.

Eines Tages erschien im Krankenrevier ein Beauftragter der militärischen medizinischen Inspektion. Er befahl, die Sprechstunde in seiner Gegenwart abzuhalten. Doktor Soláns war nervös, als fühlte er sich überwacht. Und Doktor Da Barca hielt sich bewußt im Hintergrund, bat ihn um Rat, überließ ihm die Initiative. Als der Inspektor sich beugte, um sich hinzusetzen, fiel ihm bei einer brüsken Bewegung plötzlich eine Pistole aus dem Achselhalfter. Wir waren da, um einen als gefährlich geltenden Häftling zu beaufsichtigen, Dschingis Khan, der Boxer und Ringkämpfer gewesen und nicht ganz richtig im Kopf war und plötzliche Anfälle bekam. Man hatte ihn eingesperrt, weil er ohne Absicht einen Mann umgebracht hatte. Er wollte ihm nur einen Schrecken einjagen. Es war bei einem Freistilringkampf. Seit Beginn des Kampfes zwischen Dschingis Khan und einem, der der Stier von Lalín genannt wurde, hatte dieses Männchen, das in der ersten Reihe saß, nicht aufgehört zu schreien, daß Schiebung im Spiel war. Schiebung! Schiebung! Dschingis Khan ließ Blut aus den Nasenlöchern fließen, er besaß diese Fähigkeit, aber selbst damit gab sich dieser Widerling nicht zufrieden, so als würde die spektakuläre Verletzung seinen Verdacht, es handele sich um einen manipulierten Kampf, nur noch erhärten. Da bekam Dschingis Khan einen seiner Anfälle. Er hob den Stier von Lalín hoch, einen Brocken von hundertdreißig Kilo, und warf ihn mit aller Kraft auf das Männchen, das Schiebung! brüllte und sich nun niemals mehr betrogen fühlen sollte.

Jedenfalls schauten wir im Krankenrevier alle diese Pistole an, als wäre es eine tote Ratte. Und Doktor Da Barca sagte ganz ruhig: Ihnen ist das Herz auf den Boden gerutscht, Herr Kollege. Selbst diesem Riesenkerl, den wir in Handschellen hergebracht hatten, verschlug es die Sprache; später lachte er schallend und sagte: Wirklich, ein Typ mit Haaren auf der Brust! Und von diesem Augenblick an empfand er eine solche Achtung vor Doktor Da Barca, daß er sich beim Hofgang immer in seiner Nähe hielt, als würde er ihm den Rücken decken, und er begleitete ihn zu den Lateinstunden, die der alte Carré gab, der von den *Irmandades da Fala*. Dschingis Khan begann, drollige Ausdrücke zu benutzen. Er sagte von allem und jedem, es sei kein *pirata minuta* und auch, wenn etwas schiefging, *wir laufen vor die Hunde*. Fortan war Dschingis Khan als Pirata Minuta bekannt. Er maß zwei Meter, obwohl er O-Beine hatte, und trug Stiefel, die an der Spitze offen waren, wo seine Zehen wie die Wurzeln einer Eiche hervorschauten.

Und im Gefängnis organisierten die Häftlinge auch ein Orchester. Es gab mehrere Musiker unter ihnen, gute Musiker, das Beste von Mariñas, einer Gegend, in der es während der Republik viele Tanzbälle gegeben hatte. Die meisten waren Anarchisten und hatten eine Vorliebe für romantische Boleros mit der Melancholie leuchtender Blitze. Es gab keine Instrumente, sie spielten mit dem Wind und mit den Händen. Die Posaune, das Saxophon, die Trompete. Jeder baute sich sein Instrument in der Luft. Das Schlagzeug war echt. Einer, den sie Barbarito nannten, war fähig, Jazz mit einem Nachttopf zu machen. Sie hatten darüber gestritten, ob sie es Ritz-Orchester oder Palace-Orchester nennen sollten, aber am Ende setzte sich der Name Fünf Sterne durch. Pepe Sánchez sang. Man hatte ihn zusammen mit mehreren Dutzend Flüchtlingen im Laderaum eines Fischdampfers festgenommen, kurz vor dem Auslaufen nach Frankreich. Sánchez war ein begabter Sänger, und wenn er im Hof sang, schauten die Häftlinge zur Silhouette der Stadt, die sich in der Höhe abzeichnete, denn das Gefängnis lag in einer Niederung zwischen dem Leuchtturm und dem Ort, als wollten sie sagen, ihr wißt nicht, was ihr verpaßt. In diesem Augenblick hätte jeder von ihnen dafür gezahlt, dort zu sein. Herbal in seinem Wachhäuschen legte das Gewehr ab, stützte sich auf das steinerne Kissen und schloß die Augen wie der Pförtner eines Opernhauses.

Es gab eine Legende über Pepe Sánchez. Kurz vor den Wahlen von 1936, als sich schon der Sieg der Linken abzeichnete, fanden in Galicien zahlreiche sogenannte Missionen statt. Es waren Predigten unter freiem Himmel, die sich vor allem an die Bäuerinnen richteten, bei denen sich die Reaktionäre die meisten Stimmen holten. Die Predigten waren apokalyptisch. Schreckliche Plagen wurden prophezeit. Männer und Frauen würden wie Tiere Unzucht treiben. Die Revolutionäre würden die Kinder gleich nach der Geburt von den Müttern trennen und sie im Atheismus erziehen. Sie würden die Kühe mitnehmen, ohne einen Pfennig zu bezahlen. Und statt der Jungfrau Maria und Jesus Christus würden sie Bilder von Lenin oder Bakunin durch die Straßen tragen. In der Ortschaft Celas wurde zu einer dieser Missionen aufgerufen, und eine Gruppe von Anarchisten beschloß, sie zu sprengen. Man warf das Los, und es fiel auf Pepe Sánchez. Der Plan war folgender: Er sollte auf einem Esel, in der Kutte eines Dominikaners, erscheinen und wie ein Besessener mitten in die Predigt platzen. Pepe war die Sache nicht ganz geheuer, und am Tag des Ereignisses genehmigte er sich zum Frühstück einen

Schoppen Schnaps. Als er auf seinem Esel Einzug hielt, während er »Es lebe unser Herr Jesus Christus, nieder mit Manuel Azaña!« und dergleichen mehr brüllte, waren die geistlichen Prediger, die sich aus wer weiß welchem Grund verspätet hatten, noch nicht eingetroffen. Daher hielt ihn die Menge für echt und geleitete ihn gegen seinen Willen zum improvisierten Rednerpult. Und Pepe Sánchez blieb nichts anderes übrig, als das Wort zu ergreifen. Und er sagte, was ihm aus tiefster Seele kam. Daß es auf der Welt niemanden gibt, der gut genug ist, um über einen anderen ohne dessen Zustimmung zu herrschen. Daß die Verbindung zwischen Mann und Frau frei sein muß, ohne ein anderes Band, ohne eine andere Fessel als Liebe und Verantwortung. Daß und daß und daß. Daß, wer einen Dieb beraubt, für hundert Jahr Vergebung taugt, und dumm das Schaf ist, das beim Wolf beichtet. Er war ein gutaussehender Mann. Und der Wind, der seine Kutte bauschte, und die romantischen Stirnlocken gaben ihm das wunderbare Aussehen eines Propheten. Nach anfänglichem Gemurmel trat Stille ein, und ein Teil der Versammelten, vor allem die jungen Mädchen, nickten und betrachteten ihn voll Andacht. Und dann war Pepe nicht mehr zu halten und sang, als stünde er auf dem Podium eines Volksfestes, jenen Bolero, den er so liebte:

Ein Mädchen ritzte ihren Namen
in einen Baum, voll Seligkeit,
und dieser Baum, gerührt, erfreut,
ließ eine Blüte vor sie fallen.

Sie war ein voller Erfolg, diese Mission.

Pepe Sánchez erschossen sie in einer regnerischen Morgendämmerung im Herbst 1938. Am Vorabend verschwanden die Wörter aus dem Gefängnis. Was von ihnen blieb, waren Überreste im Kreischen der Möwen. Das Klagen eines Riegels im Hals eines Schlosses. Das Gegurgel der Abflüsse. Und dann begann Pepe zu singen. Er sang die ganze Nacht, begleitet von den Musikern des Fünf-Sterne-Orchesters mit ihren Luftinstrumenten in ihren Zellen. Als sie ihn fortbrachten, gefolgt vom Priester, der ein Gebet murmelte, reichte sein Humor noch, um in den Gang hineinzurufen: Wir werden den Himmel erobern! Ich gehe durch das Nadelöhr! Er war nämlich dürr wie eine Weidengerte.

Nein, dieses Mal gab es keine Freiwilligen für das Exekutionskommando, sagte Herbal zu Maria da Visitação.

12

Zweimal besiegte Doktor Da Barca den Tod. Und zweimal schien es, als würde der Tod ihn besiegen, ihn in die Enge treiben und auf die Matratze der Zelle werfen.

Das war bei den Erschießungen von Dombodán und Pepe Sánchez.

Er war immer beherzt, aber es gab zwei Situationen, in denen er zusammenbrach, erzählte Herbal Maria da Visitação. Als das Kind starb und später dann der Sänger. Da blieb er mehrere Tage lang auf der Matratze liegen, in einem langen Schlaf, als hätte er ein Faß Baldrian geschluckt.

Beim zweiten Mal hielt Dschingis Khan Wache an seiner Seite.

Als er aufwachte, sagte er zu ihm: Was machst du hier, Pirat?

Sie von den Läusen befreien, Doktor. Und die Ratten fernhalten.

Habe ich so lange geschlafen?

Drei Tage und drei Nächte.

Danke, Dschingis. Ich werde dich zum Essen einladen.

Er hatte nämlich, erzählte Herbal Maria da Visitação, die Macht des Blickes.

Beim Mittagessen setzten sich Doktor Da Barca und Dschingis Khan im Eßsaal einander gegenüber, und sämtliche Häftlinge wurden erstaunte Zeugen dieses Festmahls.

Als Vorspeise nimmst du einen Meeresfrüchte-Cocktail. Languste mit pikanter Soße auf Salatherzen aus dem Barcia-Tal.

Und zu trinken? fragte Dschingis Khan ungläubig.

Zu trinken, sagte Doktor Da Barca sehr ernst, ein weißer Rosal.

Er schaute ihn unverwandt an, hielt ihn gefangen mit den Lichtern seiner Augen, und irgend etwas geschah, denn Dschingis Khan hörte auf zu lachen, schwankte einen Augenblick, als stünde er auf einer Anhöhe und ihm wäre schwindlig, und saß dann wie benommen da. Doktor Da Barca stand auf, ging um den Tisch herum und schloß ihm sanft die Augenlider, als wären es kleine Spitzenvorhänge.

Ist der Cocktail gut?

Dschingis Khan nickte mit vollem Mund.

Und der Wein?

Ge... genau richtig, stammelte er entrückt.

Dann also schön langsam.

Danach, als Doktor Da Barca ihm als zweiten Gang Kalbsmedaillon mit Apfelpüree servierte, begleitet von einem roten Amandi, wechselte Dschingis Khan die Farbe. Dieser blasse, magere Riese hatte jetzt das rotglänzende Gesicht eines gefräßigen Abtes. In ihm lächelte eine bäuerliche, joviale Sattheit, eine süße Rache an der Zeit, die sich auf alle Anwesenden übertrug. Im Eßsaal herrschte ein Schweigen aus Zungen am Gaumen und Märchenaugen, das das Klappern der Löffel im Essen verstummen ließ, einer undefinierbaren Suppe, die sie Spülwasser nannten.

Jetzt, Dschingis, sagte Doktor Da Barca feierlich, der versprochene Nachtisch.

Eiercreme! rief einer mit ununterdrückbarer Gier.

Blätterteigkuchen!

Mandeltorte!

Eine Wolke aus Puderzucker zog durch den dunklen Saal. Im kalten Luftstrom der Türen blubberte die Meringe. Honig rann über die abgeblätterten Wände.

Doktor Da Barca bat mit einer Handbewegung um Ruhe.

Kastanien, Dschingis! sagte er schließlich. Und es folgte ein verwirrtes Gemurmel, denn das war Kost für arme Leute.

Sieh mal, Dschingis, Kastanien aus Courel, aus dem Land der Wälder, in Minze und Anis gekocht. Du bist ein Kind, Dschingis, die Hunde des Windes heulen, die Nacht zittert in der Kerze, und die Erwachsenen gehen gebeugt durch das Gewicht des Winters. Aber dann kommt deine Mutter, Dschingis, und stellt in die Mitte des Tisches die Schüssel mit den gekochten Kastanien, in laue Lumpen gehüllte Geschöpfe, eine tierische Dunstwolke, die die Knochen erweicht. Das ist der Weihrauch der Erde, Dschingis, du spürst ihn, nicht wahr?

Natürlich spürte er ihn. Der Dunst des Zaubers rankte sich wie Efeu um seine Sinne, brannte in seinen Augen und brachte ihn zum Weinen.

Und jetzt, Dschingis, sagte Doktor Da Barca in verändertem Ton, wie ein Schauspieler, werden wir diese Kastanien mit Schokoladencreme übergießen, nach französischer Art, jawohl.

Alle billigten diese Raffinesse.

Im Bericht über Vorfälle im Eßsaal las der Direktor: »Die Insassen weigerten sich, das Mittagessen einzunehmen, ohne in irgendeiner Weise zu protestieren oder die Gründe für dieses Benehmen zu erklären. Der Rückzug aus dem Eßsaal erfolgte ohne nennenswerte Zwischenfälle.«

Sieht er nicht schon gesund aus? sagte Doktor Da Barca. Es stimmt, was das Sprichwort sagt, auch von Illusionen lebt der Mensch. Es ist die Illusion, die ihm zu einem Anstieg der Glukose verhilft.

Dschingis Khan erwachte aus der Hypnose, aufgeweckt von seinem eigenen zufriedenen Rülpsen.

13

Bisweilen stieg der Verstorbene vom Reittier des Ohres, verließ den Kopf und blieb eine Weile aus. Er wird sich irgendwo herumtreiben, auf der Suche nach seinem Sohn, dachte der Gendarm Herbal mit leichter Wehmut, denn der Maler unterhielt ihn in den Stunden der Wache, in den Nächten, wenn er auf Posten war. Und er brachte ihm Dinge bei. Zum Beispiel, daß am schwierigsten der Schnee zu malen war. Und das Meer und die Felder. Die weiten, scheinbar einfarbigen Oberflächen. Die Eskimos, sagte der Maler zu ihm, unterscheiden bis zu vierzig Farben beim Schnee, vierzig Arten von Weiß. Deshalb sind es die Kinder, die am besten das Meer, die Felder und den Schnee malen. Denn der Schnee kann grün sein und das Feld weiß werden wie das Haar eines alten Bauern.

Haben Sie einmal Schnee gemalt?

Ja, aber das war für das Theater. Eine Bühnendekoration für Wolfsmenschen. Wenn du einen Wolf dazutust, ist alles einfacher. Einen schwarzen Wolf, wie ein verkohltes Scheit in der Ferne, und höchstens noch eine kahle Buche, auf ein Bettlaken gemalt. Dann braucht nur noch einer Schnee zu sagen, und das ist alles. Es ist wunderbar, das Theater.

Das kommt mir seltam vor, was Sie da sagen, sagte der Gendarm, während er seinen spärlichen Bart mit dem Korn des Gewehrs kratzte.

Warum?

Ich dachte, für Sie, als Maler, sind die Bilder wichtiger als die Worte.

Das Wichtige ist das Sehen, darauf kommt es an. Tatsächlich, fügte der Maler hinzu, sagt man, daß Homer, der erste Schriftsteller, blind gewesen ist.

Das wird wohl heißen, sagte der Gendarm mit einem Anflug von Spott, daß er sehr gut sah.

Ja, genau. Das heißt es.

Beide schwiegen sie, gebannt von der Theatermaschinerie des Sonnenuntergangs. Die Sonne bewegte sich hinter der Anhöhe von San Pedro auf eine Mole im Exil zu. Auf der anderen Seite der Bucht setzte der Leuchtturm der Ballade des Meeres zarte Glanzlichter auf.

Kurz vor meinem Tod, sagte der Maler, und er sagte es, als habe die Tatsache, gestorben zu sein, nichts mit ihnen beiden zu tun, habe ich dieses Bild gemalt, das wir gerade sehen. Es war für die Bühnendekoration des *Canto Mariñán,* den der Festchor im Rosalía-de-Castro-Theater gesungen hat.

Ich hätte es gerne gesehen, sagte der Gendarm mit aufrichtiger Höflichkeit.

Es war nichts Besonderes. Das Meer wurde vom Leuchtturm angedeutet, vom Herkules-Turm. Das Meer lag im Schatten. Ich wollte es nicht malen. Ich wollte, daß man es hörte, wie eine Litanei. Es ist unmöglich, es zu malen. Ein richtiger Maler, auch wenn er noch so realistisch ist, weiß, daß man das Meer nicht auf eine Leinwand übertragen kann. Es gab einen Maler, einen Engländer, Turner hieß er, dem das sehr gut gelungen ist. Das beeindruckendste Bild, das es vom Meer gibt, ist sein Untergang eines Sklavenschiffs. Da kann man das Meer hören. Und das Schreien der Sklaven, Sklaven, die vom Meer vielleicht weiter nichts kannten als das Auf und Ab in den Laderäumen. Ich würde das Meer gerne von innen malen, aber nicht wie ein Ertrunkener, sondern in einem Taucheranzug. Mit Leinwand, Pinseln und allem hinuntertauchen, wie es angeblich ein japanischer Maler gemacht hat. Ich habe einen Freund, der es vielleicht tut, fügte er hinzu. Wenn er nicht vorher im Wein ertrinkt. Er heißt Lugrís.

Die Stunde des Sonnenuntergangs war aus irgendeinem Grund der Moment, in dem der Maler den Kopf des Gendarmen Herbal am liebsten besuchte. Er setzte sich ihm mit sanfter Entschiedenheit aufs Ohr, rittlings, wie der Zimmermannsstift.

Wenn er den Stift spürte, wenn sie über diese Dinge sprachen, über die Farben des Schnees, über die Sense des Pinsels in der grünen Stille der Wiesen, über den Unterseemaler, über die Laterne eines Eisenbahnarbeiters, der sich seinen Weg im Nebel der Nacht bahnte, oder über die Phosphoreszenz der Glühwürmchen, merkte der Gendarm Herbal, daß seine Anfälle von Atemnot verschwanden, das Geröchel der Lungen wie von einem nassen Blasebalg, die Delirien kalten Schweißes, die auf den Alptraum mit dem Schuß in die Schläfe folgten. Der Gendarm Herbal fühlte sich wohl als der, der er in diesem Augenblick war, ein im Wachhäuschen vergessener Mann. Endlich gelang es ihm, seinen Herzschlag dem Meißel des Steinmetzen anzugleichen. Es schlug mit der Routine einer minimalen Anstrengung. Dann glich sein Denken dem hellen Projektor eines Kinosaals. Wie damals, auf der Weide, sein Blick zuweilen an einem Goldhähnchen hing, das mit seinem Schnabel das Profil der Zeit bearbeitete, oder einen Grashalm am Rand des Strudels im Brunnen festhielt.

Sieh nur, die Wäscherinnen bemalen den Hügel, sagte jetzt der Verstorbene zu ihm.

Zwei Wäscherinnen breiteten auf den Büschen in der Umgebung des Leuchtturms, zwischen den Felsen, die Wäsche aus, um sie in der Sonne zu trocknen. Ihr Wäschebündel war wie der Lumpenmagen eines Zauberers. Aus ihm holten sie unzählige farbige Stoffe heraus, die das Gelände übermalten. Die rosigen, rundlichen Hände folgten dem Diktat der Augen des Wachhabenden, die ihrerseits von dem Maler geleitet wurden: Die Wäscherinnen haben rosige Hände, weil sie sich durch das viele Schrubben auf dem Wasserstein die Jahre von der Haut reiben. Ihre Hände sind wie die Hände, die sie als junge Mädchen hatten, als sie anfingen, Wäscherinnen zu sein.

Ihre Arme, fügte der Maler hinzu, sind die Stiele des Pinsels. Von der Farbe des Erlenholzes, denn auch sie bildeten sich am Fluß heraus. Wenn sie die nasse Wäsche auswringen, spannen sich die Arme der Wäscherinnen wie Wurzeln am Ufer. Der Hügel ist wie eine Leinwand. Sieh nur. Sie malen auf Ginsterbüsche und Dorngestrüpp. Die Dornen sind die besten Wäscheklammern der Wäscherinnen. Da. Der lange Pinselstrich eines weißen Lakens. Zwei Tupfer rote Socken. Das leichte Zittern eines Leibchens. Zum Trocknen ausgebreitet, erzählt jedes Wäschestück eine Geschichte.

Die Hände der Wäscherinnen haben fast keine Fingernägel. Auch das erzählt eine Geschichte, wie sie, hätten wir ein Röntgenbild vor uns, auch die oberen Wirbel der Wirbelsäule erzählen würden, die durch das Gewicht der Wäschebündel deformiert sind, die Jahre um Jahre auf dem Kopf getragen wurden. Die Wäscherinnen haben fast keine Fingernägel. Sie sagen, der Salamanderwind habe sie davongetragen. Aber das ist eine magische Erklärung. Die Nägel wurden von der Natronsäure zerfressen.

Wenn der Verstorbene nicht da war, kämpfte der Mann aus Eisen darum, seine Stelle im Kopf des Gendarmen Herbal einzunehmen. Der Mann aus Eisen erschien nicht zur trägen, melancholischen Stunde der Abenddämmerung und richtete sich auch nicht wie ein Zimmermannsstift auf dem Reitsattel des Ohres ein, sondern in der Frühe, im Spiegel, im Augenblick des Rasierens. Sein Erwachen war schlecht. Er durchreiste die Nacht mit Atemnot in der Brust, wie jemand, der Berge hinauf- und hinuntergeht und dabei einen mit Leichen beladenen Maulesel hinter sich herzieht. Der Mann aus Eisen fand ihn also bereit, auf Ratschläge zu hören, die Befehle waren. Lernen Sie, den Blick nicht abzuwenden und mit ihm zu dominieren, dazu müssen Sie die Kiefer zusammenpressen. Reden Sie so wenig wie möglich. Worte, wie herrisch und unanständig auch immer, sind stets ein Einfallstor für die Stümper, und die Schwächsten klammern sich an sie wie ein Schriffbrüchiger an den Mast. Schweigen, begleitet von kategorischen, martialischen Gesten, hat eine einschüchternde Wirkung. Die Beziehungen zwischen Menschen, vergessen Sie das nicht, sind immer Machtverhältnisse. Wie bei den Wölfen läuft der Sondierungskontakt auf eine neue Ordnung hinaus: Herrschaft oder Unterwerfung. Und knöpfen Sie den Knopf der Uniformjacke zu, Soldat! Sie sind ein Sieger. Das soll man merken.

In dem Zimmer, das seine Schwester ihm gegeben hatte, hing ein Fahrrad an der Wand. Es war ein Fahrrad, das niemand benutzte, mit Reifen, die so sauber waren, daß es schien, als hätten sie niemals den Boden berührt, und Schutzblechen, die glänzten wie Alpaka. Bevor er schlafen ging, setzte er sich auf sein Bett vor das Fahrrad. Als Kind hatte er von so etwas geträumt. Oder auch nicht. Vielleicht war es ein Traum, den geträumt zu haben er geträumt hatte. Plötzlich fühlte er sich betrogen. Alles, was geträumt zu haben er sich erinnerte, der Traum, der alles Geträumte verdrängte, war dieses Kind, dieses Mädchen, diese Frau namens Marisa Mallo. Da war sie, an der Wand, wie eine unbefleckte Mutter Gottes auf dem Altar.

Als er das Vieh hütete, lief er oft zu seinem Onkel davon, dem Fallensteller. Aber er hatte noch einen Onkel. Auch ein Einsamer. Nan, der Onkel, der Tischler war.

Wenn er mit den Kühen zurückkehrte, machte er halt bei der Werkstatt von Nan, einem am Weg liegenden Schuppen aus pechbestrichenen Brettern, wie eine Arche, die am Eingang des Dorfes gestrandet war. Für Herbal war Nan ein seltsames Wesen. Im Obstgarten stand ein weißbemooster Apfelbaum, der Lieblingsbaum der Amseln. Ihm glich dieser Großonkel, der Tischler war. Im Dorf lag das Alter auf der Lauer. Plötzlich zeigte es einem die Zähne an einer dunklen Ecke, kleidete die Frauen in Trauer auf einem nebelverhangenen Platz, veränderte die Stimmen mit einem Schluck Schnaps und runzelte die Haut auf einer winterlichen Steinstufe. Aber Nan hatte das Alter nicht überwältigt. Es war über ihn hereingebrochen, hatte ihn mit grauen Strähnen und weißem Haar bedeckt, das sich auf der Brust kräuselte und die Arme überzog wie das Moos die Zweige des Apfelbaums, aber die Haut war von einem lebhaften Gelb, wie das Kernholz der einheimischen Pinie, die Zähne glänzten, poliert von der guten Laune, und dann trug er immer diese rote Blüte hinter dem Ohr. Den Zimmermannsstift. In Nans Werkstatt war es niemals kalt. Der Boden war ein weiches Bett aus Sägespänen. Der Geruch des Sägemehls löschte die Feuchtigkeit. Woher kommst du? fragte er, obwohl er es wußte. Ein Kind wie du sollte in der Schule sein. Und dann murmelte er mit einer mißbilligenden Geste: Sie schneiden das Holz vor der Zeit. Komm her, Herbal. Mach die Augen zu. Und jetzt sag mir, nur nach dem Geruch, wie ich es dir beigebracht habe, welches ist Kastanie und welches Birke? Das Kind schnupperte, während es die Nase näherte, bis es mit der Spitze die Holzstücke berührte. Das gilt nicht. Ohne zu berühren. Nur durch Riechen.

Das ist Birke, erklärte Herbal schließlich.

Sicher?

Sicher.

Und warum?

Weil es nach Frau riecht.

Sehr gut, Herbal.

Und er selbst näherte sich dem Birkenstumpf und atmete tief ein, mit halbgeschlossenen Augen. Nach Frau, die im Fluß gebadet hat.

Herbal nimmt das Fahrrad von der Wand. Der Lenker und das Schutzblech glänzen wie Alpaka. Unter dem Bett hat er den Werkzeugkasten von Nan und bindet ihn auf dem Gepäckträger fest. Er bereitet einen Kaffee im Topf, wie einen Kräutertee, wie Nan es machte. Es wird Tag, und er fährt auf dem Weg, der parallel zum birkengesäumten Fluß verläuft. Vor sich erblickt er eine seltsame Gestalt. Sie trägt ein langes Gewand und ist so geschminkt, daß sie wie eine Maske wirkt. Sie macht ihm ein Zeichen, damit er anhält. Herbal versucht, kräftig in die Pedale zu treten, aber die Kette springt von der Nabe.

Hallo, lieber Herbal. Ich bin die Schwester Tod. Weißt du, wo der fröhliche junge Akkordeonspieler und die Hure Leben sind?

Doch Herbal, der nach einer Waffe sucht, etwas, um sich zu verteidigen, greift nach dem Bleistift hinter dem Ohr. Der wächst in die Länge wie eine rote Lanze. Die Bleimine der Spitze funkelt wie poliertes Metall. Die Schwester Tod weitet vor Entsetzen die Augen. Sie verschwindet. Nur ein Schillern bleibt in der Pfütze des Weges zurück. Und Herbal repariert das Fahrrad und fährt davon, glücklich einen Stieglitz-Pasodoble pfeifend, mit seinem roten Bleistift hinter dem Ohr. Und er gelangt zum Stammhaus von Marisa Mallo und schmettert einen Gruß, während er zum Himmel schaut. Ein schöner Tag! Wunderschön, sagt sie zustimmend. Gut, sagt er, sich die Hände reibend, was soll ich heute machen? Einen Backtrog, Herbal. Einen Brotkasten.

Ich werde ihn aus Nußbaum machen, meine Dame. Mit gedrechselten Füßen. Und einem Metallbeschlag am Schloß.

Und einen Porzellanschrank, Herbal. Wirst du mir auch einen Porzellanschrank machen?

Mit Volutenumrandung.

Er erwachte mit den Befehlen des Mannes aus Eisen. Er war auf dem Bett eingeschlafen, ohne sich auszuziehen. Aus der Küche drang das fügsame Klagen der Schwester zu ihm. Er dachte an das, was ihm der Unteroffizier Landesa gesagt hatte. Treten Sie ihm mit einem schönen Gruß von mir in die Eier. Es reicht, murmelte er. Scheißkerl.

Hast du kapiert? Ich will das Abendessen warm auf dem Tisch haben. Egal, wann ich nach Hause komme!

Die Schwester war im Nachthemd, ungekämmt, und hielt einen Teller mit Suppe in den Händen. Herbals Erscheinen schien sie noch mehr zu erschrecken, denn sie verschüttete etwas vom Teller. Der Mann war uniformiert. Blauhemd. Koppel. Die Pistole im Achselhalfter. Er fixierte ihn. Schlieren in den Augen. Betrunken. Er deutete ein zynisches Lächeln an. Dann fuhr er mit dem Lappen der Zunge über die Zähne.

Schläfst du etwa schlecht, Herbal?

Er nahm die Pistole heraus und legte sie auf den Tisch. Neben den Gedecken und dem Stück Brot wirkte die Star wie ein absurdes, hilfloses Werkzeug. Zalo Puga füllte zwei Weingläser.

Komm, setz dich. Trink einen Schluck mit deinem Schwager. Und du, sagte er, an die Frau gewandt, kümmer dich um das hier.

Er zwinkerte Herbal zu und begann, direkt aus dem Teller zu schlürfen. So war er immer. Er wechselte von aggressivem Gehabe zu betrunkener Kameraderie. Beatriz versuchte, die Spuren der Mißhandlung zu verbergen, aber manchmal, wenn sie allein waren, brach sie weinend in den Armen des Bruders zusammen. Jetzt, nachdem sie den Sack aufgebunden hatte, mit dem der Mann gekommen war, sah Herbal, wie sie perplex, erstarrt, wie in einem Schwindel verharrte.

Na, was sagst du? Gute Beute! Los, hol ihn raus.

Lieber morgen.

Komm schon! Er beißt nicht. Dein Bruder soll ihn sehen.

Und sie steckte, den Ekel überwindend, ihre Hände hinein und holte schließlich den Kopf eines Schweines heraus. Sie zeigte ihn, wobei sie ihn von sich forthielt, das Gesicht den Männern zugewandt. Sand aus Salz in der schrägen Höhlung der Augen.

Armes Tier!

Herbals Schwager lachte über seinen eigenen Witz. Es ist ganz, mit Schwanz und allem! Dann fügte er hinzu: Diese blöde Alte wollte es nicht hergeben. Sie sagte, sie hätte Franco schon einen Sohn gegeben. Hahaha.

Zalo Puga war während des Krieges sehr dick geworden. Er arbeitete in der Proviantabteilung. Er gehörte zu denen, die auf die Dörfer gingen, um Lebensmittel zu beschlagnahmen. Und er behielt einen Teil der Beute. Sie wollte es nicht hergeben, wiederholte er hämisch. Sie klammerte sich an die Schinken, als wären es Reliquien. Ich mußte sie wegstoßen.

Als Beatriz den Sack in die Speisekammer schleppte, holte er zwei Faria-Zigarren aus der Hemdtasche und bot Herbal eine an. Die ersten Rauchwolken trafen sich und stiegen, ineinander verschlungen, zur Lampe empor. Zalo Puga fixierte ihn mit den Schlieren seiner Augen.

Du würdest mich am liebsten umbringen, nicht? Aber du hast keinen Schneid.

Und er brach erneut in lautes Lachen aus.

14

Zwischen dem Gefängnis und den ersten Häusern der Stadt gab es ein paar hohe Felsen. Bisweilen waren während der Stunden des Hofgangs Frauen in der Höhe zu sehen, die wie in Stein gehauen wirkten, wäre nicht der Wind gewesen, der ihre Röcke und ihre Haarmähnen flattern ließ. In der sonnigen Ecke des Hofs beschirmten einige Männer ihre Augen mit der Hand und schauten in ihre Richtung. Sie regten sich nicht. Nur ab und zu bewegten die Frauen in kleinen Rucken die Arme, wie bei einem Flaggenalphabet, das im Augenblick, da es erkannt wurde, an Tempo zulegte.

In seinem Wachhäuschen an einer Ecke der Gefängnismauer, den Zimmermannstift hinter dem Ohr, hörte Herbal auf das, was ihm der Maler sagte.

Er sagte, daß die Geschöpfe und die Dinge Gewänder aus Licht haben. Und daß sogar die Evangelien von den Menschen als von den »Kindern des Lichts« sprechen. Zwischen den Gefangenen im Hof und den Frauen auf den Felsen mußte es Fäden aus Licht geben, über die Mauer hinweg, unsichtbare Fäden, die dennoch die Farbe der Kleider und den Schatz der Erinnerung übermittelten. Mehr noch, einen Laufsteg aus leuchtendem, sinnlichem Seilwerk. Der Gendarm stellte sich vor, daß sich die Gefangenen und die Frauen auf den Felsen in ihrer Reglosigkeit der Liebe hingaben und daß es der Wind ihrer Finger war, der an den Röcken und Haarmähnen zerrte.

Eines Tages sah er sie dort, unter den anderen, arm gekleideten Frauen. Ihr langes rötliches Haar, das, vom Wind gezaust, Fäden zum Doktor im Hof des Gefängnisses sandte. Fäden aus Seide, unsichtbar. Nicht einmal ein Scharfschütze könnte sie zerreißen.

Heute waren keine Frauen da. Eine Gruppe von Jungen mit kurzgeschorenen Köpfen, die ihnen das Aussehen kleiner Erwachsener gaben, spielte Krieg mit Stökken, als wären es Degen. Sie kampften um die Höhe der Felsen wie um die Türme einer Festung. Als sie das Fechten leid waren, benutzten sie dieselben Stöcke wie Gewehre. Sie taumelten tot zu Boden, wie Statisten in einem Film, und dann standen sie lachend auf und rollten den Abhang hinunter bis nah an die Gefängnismauer heran. Einer von ihnen blickte nach dem Sturz hoch und begegnete dem Blick des Gendarmen. Er nahm den Stock, stützte ihn auf die Schulter, setzte einen Fuß vor in der Haltung eines Schützen und zielte auf ihn. Rotzjunge, sagte der Gendarm. Und er beschloß, ihm einen Schrecken einzujagen. Er griff nach seinem Gewehr und zielte seinerseits auf den Jungen. Von hinten riefen ihn die anderen erschrocken. Pico! Lauf, Pico! Der Junge senkte langsam seine hölzerne Waffe. Er hatte Sommersprossen im Gesicht und ein zahnlückiges, verwegenes Lächeln. Plötzlich legte er in einer blitzschnellen Bewegung erneut das Gewehr an, schoß, bumbum! und rannte dann hinauf, erklomm den Abhang mit seiner geflickten Hose. Der Gendarm nahm ihn aufs Korn. Herbal spürte, daß seine Wangen brannten. Als der Junge hinter den Felsen verschwunden war, setzte er die Waffe ab und atmete tief. Er bekam zu wenig Luft. Er war schweißnaß. Er hörte das Echo eines lauten Gelächters. Der Mann aus Eisen hatte den Maler vertrieben. Der Mann aus Eisen lachte ihn aus.

Was trägst du da hinter dem Ohr?

Einen Bleistift. Einen Zimmermannsstift. Erinnerung an einen, den ich getötet habe.

Eine schöne Kriegsbeute!

Am ersten April 1939 unterzeichnete Franco die Siegeserklärung.

Heute feiern wir den Sieg Gottes, sagte der Kaplan in der Predigt beim Hochamt, das im Hof zelebriert wurde. Und er sagte das nicht mit besonderem Dünkel, sondern wie jemand, der das Gesetz der Schwerkraft konstatiert. An diesem Tag befanden sich Aufseher zwischen den Reihen der Häftlinge. Es waren Amtspersonen gekommen, und der Direktor wollte keine unangenehmen Überraschungen, kein aufrührerisches Gelächter oder Hustenkonzert, wie es schon passiert war, wenn irgendein Prediger Salz in die Wunden streute, den Krieg segnete, den er Kreuzzug nannte, und sie, die gefallenen Engel im Lager von Beelzebub, dringend aufforderte, Reue zu zeigen und göttlichen Schutz für den Caudillo Franco zu erbitten. Der Fanatismus des Kaplans war jedoch weniger platt, er besaß ein gewisses theologisches Gerüst, das sich in Gesprächen mit den Häftlingen zeigte, von denen die meisten Bücherfanatiker waren, die alles lasen, was ihnen in die Hände fiel, ob es nun die *Bibliotheca Sanctorum* war oder *Wunder des Insektenlebens*. Was würde die Kurie darum geben! Sie konnten Latein, mein Gott, sie konnten Griechisch. Wie dieser Doktor Da Barca, der ihn eines Tages in ein Spinnennetz aus Soma, Psyche und Pneuma verwickelt hatte.

Pneuma tes aletheias. Der Geist der Wahrheit. Wissen Sie? Das ist es, was der Heilige Geist bedeutet. Der Wahrheit, Pater.

Gott stellt sich nicht einfach so gegen die Menschen, sagte der Kaplan. Für Gott gibt es kein feindliches Geschöpf. Es ist die Sünde, der Einfluß Satans, der Gott empört. Außerdem, was sind wir denn von seiner Höhe aus? Stecknadelköpfe. Gott lenkt das Wasser der Geschichte, so wie der Müller den Lauf des Baches reguliert. Gott führt Krieg gegen die Sünde, nicht gegen die kleine Sünde, das ist unsere Sache, durch Beichte, durch Reue und durch Vergebung. Es gibt die Ursünde oder *peccatum originale*, ein Stigma, das wir durch die Tatsache unserer Geburt tragen. Und dann gibt es die kleinen – oder die großen! – Sünden der Person als solcher, *peccatum personale*, diese Fehltritte auf dem Weg. Aber die schlimmste von allen, die uns übersteigt, die einen Teil Spaniens in den vergangenen Jahren in Besitz genommen, sein Wesen verraten hat, ist die Sünde der Geschichte oder die Sünde schlechthin. Diese entsetzliche, abstoßende Form der Sünde findet ihren Nährboden vor allem in der Eitelkeit des Intellekts und in der Unwissenheit der einfachsten Gemüter, die den Anfechtungen in Form von Revolutionen und aberwitzigen gesellschaftlichen Utopien erliegen. Gegen diese Sünde der Geschichte führt Gott sehr wohl Krieg. Und wie uns die Heilige Schrift zur Genüge berichtet, gibt es den Zorn Gottes, ein Zorn, der gerecht ist und unerbittlich. Und Gott wählt sich seine Werkzeuge aus, um den Sieg zu erringen. Die Auserwählten Gottes.

Der Kaplan verlas das Telegramm, das Papst Pius XII. Franco am 31. März geschickt hatte: »Wir erheben unser Herz zu Gott und sprechen Euer Exzellenz unseren aufrichtigen Dank aus für den Sieg des katholischen Spanien.«

In diesem Augenblick war das erste Hüsteln zu hören.

Es war Doktor Da Barca, erzählte Herbal Maria da Visitação. Ich weiß es, weil ich neben ihm stand und ihn mit einem strengen Blick zur Ordnung rief. Wir hatten die Anweisung, jeden Vorfall zu ersticken. Aber ich wußte nicht, was ich tun sollte, außer ihn böse anzusehen, was ihn völlig ungerührt ließ. Sein Husten war trocken, gekünstelt, wie bei den feinen Leuten, die zum Konzert gehen. Deshalb war es für mich fast eine Erleichterung, daß der Husten sich wie durch Anstekkung unter allen Häftlingen ausbreitete. Er klang wie ein gewaltiges Glockenspiel, das sich vom Glockenturm löst.

Wir wußten nicht, was wir tun sollten. Wir konnten sie doch nicht alle mitten in der Messe verprügeln! Die Amtspersonen rutschten unruhig auf den Stühlen hin und her. Im Grunde wünschten wir alle, daß der Kaplan, der im übrigen ein kluger Mann war, das rebellische Gemurre durch ein passendes Schweigen erstickte. Aber er ließ sich fortreißen vom Räderwerk seiner eigenen Rede, wie ein Zahnrad, das in ein größeres greift.

Es gibt den Zorn Gottes! Es war der Sieg Gottes!

Und seine Stimme ging in den Hustenanfällen unter, die jetzt kein feines Operngeräusper mehr waren, sondern die Brandung einer hohen See. Der Direktor des Gefängnisses, von den Blicken der Amtspersonen durchbohrt, trat in einem plötzlichen Entschluß zu ihm und flüsterte ihm ins Ohr, er möge sich kurz fassen, es sei der Tag des Sieges, und wenn das so weiterginge, dann müßten sie ihn mit einem Massaker feiern.

Das rötliche Gesicht des Kaplans wurde blaß, überflutet vom tosenden Katarakt der Männer, die wie Kranke mit Staublungen husteten. Er verstummte, ließ seine verwirrten Augen über die Reihen wandern, als käme er wieder zu sich, und murmelte ein paar lateinische Worte vor sich hin.

Was der Kaplan sagte und woran Herbal sich nicht erinnern könnte, war: *Ubi est mors stimulus tuus?*

Zum Abschluß der Feierlichkeit rief der Direktor die üblichen Losungen.

Spanien! Und es waren nur die Stimmen der Amtspersonen und der Aufseher zu hören: Eines!

Spanien! Die Häftlinge schwiegen noch immer. Es riefen dieselben: Groß!

Spanien! Und dann brüllte das ganze Gefängnis: Frei!

Herbal hatte schon lange im voraus durch die Besiegten vom Sieg erfahren. Anders als die Leute glauben, sagte er zu Maria da Visitação, ist man im Gefängnis bestens informiert. Die Nachrichten der Verlierer sind nämlich gewöhnlich die verläßlichsten. Barcelona fiel im Januar, Madrid fiel im März. Toledo fiel am ersten April, der macht, was er will. Jedes dieser Ereignisse konnte man in den Gesichtern lesen, als Falte, als Schatten in der Augenhöhle, im unsicheren Gang, in der äußeren Vernächlässigung. Mit schlechten Nachrichten bombardiert, schleppten die Häftlinge die Erschöpfung einer besiegten Kolonne durch die Gänge und über den Hof. Und es kehrten mit neuer Kraft, wie ein im Miasma lauernder Virus, Krankheiten und Epidemien zurück.

Doktor Da Barca hörte nicht auf, sich jeden Tag zu rasieren. Er wusch sich gründlich in der Waschschüssel und betrachtete sich in einem kleinen Spiegel, dessen

Glas einen Sprung hatte, der ihm das Gesicht in zwei Teile teilte. Er kämmte sich täglich wie für einen Festtag. Und er putzte die abgetragenen Schuhe, die immer den Glanz eines sepiafarbenen Fotos hatten. Er verwandte die gleiche Sorgfalt auf diese kleinen Dinge wie ein Schachspieler auf seine Bauern. Er hatte Marisa um ein Foto gebeten. Dann überlegte er es sich anders.

Nimm es mit, es war keine gute Idee.

Sie schien verärgert zu sein. Niemand hat es gern, wenn man ihm ein Foto zurückgibt, schon gar nicht im Gefängnis.

Ich will dich nicht hinter diesen Mauern sehen. Gib mir etwas von dir. Etwas zum Schlafen.

Sie trug ein Tuch um den Hals. Sie reichte es ihm. Immer aus einem Meter Entfernung. Anfassen verboten.

Herbal trat dazwischen. Er inspizierte es mit scheinbarer Gleichgültigkeit. Aus Baumwolle mit roten Mäandern. Wer ihn seinen Duft einatmen ließe! Rot ist nicht erlaubt, sagte er. Und das stimmte. Aber er ließ es in Marisas Hände fallen.

Ich gehe, sagte der Verstorbene zu Herbal, kurz nach dem Ende des Krieges. Ich will sehen, ob ich meinen Sohn finde. Du weißt nicht zufällig etwas?

Er lebt, ich habe dich nicht belogen, sagte der Gendarm leicht pikiert zu ihm. Als wir ihn holen wollten, war er schon geflohen. Später erfuhren wir, daß er als Blinder verkleidet in einen Autobus gestiegen war. Selbst mit seiner Blindenbrille muß er die Leichen in den Straßengräben gesehen haben. Wir haben seine Spur hier in Coruña verloren.

Na, ich werde sehen, ob ich ihn finden kann. Ich hatte ihm ein paar Malstunden versprochen.

Ich glaube nicht, daß er viel malt, sagte der Gendarm grob. Er wird wie ein Maulwurf leben.

Seitdem der Maler fort war, spürte Herbal, wie er gefürchtet hatte, wieder dieses Unwohlsein. Unfähig, dem Schwager die Stirn zu bieten, verließ er die Wohnung der Schwester und bat um Erlaubnis, im Gefängnis übernachten zu dürfen. Morgens, wenn er aufstand, bemerkte er einen leichten Schwindel, als wollte der Kopf sich nicht zusammen mit dem Körper aufrichten. Immer schlechtaussehend.

Dieser Doktor Da Barca ging ihm auf die Nerven. Seine schlanke, hohe Gestalt. Seine Gelassenheit. Daniels Lächeln.

Der Mann aus Eisen nutzte die Abwesenheit des Malers. Herbal hörte auf ihn.

Er denunzierte Doktor Da Barca. Er denunzierte ihn wegen etwas, das er schon lange wußte.

Der Doktor besaß heimlich ein Radiogerät. Die Einzelteile waren von draußen eingeschmuggelt worden, verborgen in Tiegeln für das Krankenrevier. Die Metallfeder eines Bettes diente als Antenne. Die Organisation der Gefangenen hatte Sprechstunden für dringende Fälle eingerichtet, als Vorwand für das nächtliche Hin und Her im Krankenrevier. Er hatte den Doktor mit den Kopfhörern überrascht. Der hatte spöttisch gesagt, es sei ein Endoskop. Aber er war nicht dumm.

Und er denunzierte ihn auch aus einem anderen Grund. Er hegte einen sehr ernsthaften Verdacht. Doktor Da Barca verabreichte einigen Kranken Drogen.

An einem Abend, erklärte Herbal dem Direktor, brachten wir einen Häftling zum Krankenrevier, der starke Schmerzen hatte. Er brüllte, als würde man ihn zersägen. Und tatsächlich sagte er unter Schmerzensschreien, ihm tue der rechte Fuß sehr weh. Aber das Merkwürdige war, daß der Kranke, ein gewisser Biqueira, keinen rechten Fuß hatte. Er war ihm schon vor Monaten wegen Wundbrand amputiert worden. Er war einer von denen, die zu fliehen versuchten, wenn Sie sich erinnern, als sie die Fassade anstrichen. Ich selbst habe ihm einen Schuß in den Knöchel verpaßt. Ich habe ihn völlig zerschmettert. Es wird der andere Fuß sein, sagte ich zu ihm, der linke. Doch nein, er sagte, es wäre der rechte, und umklammerte verzweifelt den Oberschenkel dieser Seite, grub seine Fingernägel hinein. Er hatte einen Fuß aus Holz, einen Fuß aus Nußbaum, den man ihm in der Werkstatt gefertigt hatte. Es wird am Holz liegen, das nicht auf den Stumpf paßt. Und ich nahm ihm den Fuß ab, aber er sagte: Es ist der Fuß, Idiot, es ist die Kugel im Knöchel. Also haben wir ihn zum Krankenrevier gebracht, und Doktor Da Barca sagte sehr ernst, ja, es sei der rechte Fuß, wegen des Knöchels. Die Kugel tue ihm weh. Mir kam das alles wie Theater vor. Der Arzt gab ihm in meiner Anwesenheit diese Spritze und sagte, das würde ihm helfen. Ruhig, Biqueira, das sind Morpheus' Arme. Nach kurzer Zeit wurde Biqueira ganz ruhig, mit einem Ausdruck von Glück im Gesicht, als würde er mit offenen Augen träumen. Ich fragte den Doktor, was passiert sei, aber er antwortete mir nicht mal. Er ist ein hochmütiger Mann. Er läßt sich nicht herab, das Wort an mich zu richten. Ich hörte, wie er den anderen erklärte, daß das, was Biqueira hatte, ein Phantomschmerz sei.

Und was noch? sagte der Direktor stirnrunzelnd.

Die Geschichte wiederholte sich. Ich entdeckte, daß sie Morphium aus dem Panzerschrank von Doktor Soláns entwendeten.

Mir ist nicht bekannt, daß dieser Schrank aufgebrochen wurde.

Diese Bemerkung des Direktors erschien Herbal seltsam naiv. Er sagte: Es gibt ein Dutzend Diebe in diesem Gefängnis, die diesen Schrank in Null Komma nichts mit einem Zahnstocher aufbekommen. Sie können sicher sein, daß sie mehr auf Doktor Da Barca als auf Sie oder mich hören. Und dann legte er sorgsam ein in grobes Papier gewickeltes Paket auf den Tisch. Das sind zerbrochene Ampullen, aus dem Abfall des Krankenreviers. Ich habe mir sagen lassen, daß sie Morphium enthielten.

Der Direktor betrachtete aufmerksam diesen selbsternannten Verfechter der Gerechtigkeit, der in seinem Büro erschienen war, als entdeckte er plötzlich, daß er in seinen Diensten stand. Er dachte an einen Hund, der an seinen Schwanz gebundene Dosen hinter sich herzieht und damit ein Riesengetöse veranstaltet.

Es gibt keinerlei Beschwerde seitens Doktor Soláns'.

Er wird wissen, warum, sagte Herbal, seinem Blick standhaltend.

Ich nehme Ihren beruflichen Eifer zur Kenntnis, Gendarm. Er erhob sich. Er erklärte das Gespräch für beendet. Die Angelegenheit bleibt in meinen Händen.

Herbal verfolgte aufmerksam die Ereignisse. Doktor Da Barca wurde wegen des beschlagnahmten Radios eine Zeitlang mit Einzelhaft bestraft. Doktor Soláns wurde für einen längeren Zeitraum beurlaubt. Er selbst erhielt eines Tages die Nachricht seiner Beförderung zum Korporal.

Er fühlte sich immer schlechter. Er ließ seinen Zorn an den Häftlingen aus und zog sich ihren besonderen Haß zu. Er beging bewußt Gemeinheiten. Eines Tages sagte er zu Ventura, einem Jungen, der Fischer war: Komm heute nachmittag zum Wachturm. Ich laß dich in den Hof der Frauen schauen. Da ist eine kleine Nutte gekommen, die hat zwei Titten wie Käse aus Arzúa. Wenn du ihr ein Zeichen machst, dann zeigt sie dir alles. Aber wir dürfen da doch nicht rauf, sagte der Häftling. Ich werde beide Augen zudrücken, antwortete Herbal.

Nach dem Militärputsch hatte Ventura an der Bucht von Coruña Tag und Nacht in eine Muschelhupe geblasen, bis man ihn mit einem Schuß zum Schweigen gebracht hatte. Die Kugel durchschlug den Unterarm, als hätte man absichtlich auf die dort eintätowierte füllige Seejungfrau gezielt, die jetzt durch die Narbe entstellt war.

Zur vereinbarten Zeit stieg Ventura den Turm empor. Es gab nur ein junges Mädchen im Hof, das mit dem Rücken an der Wand hockte. Der junge Häftling pfiff und machte ein Zeichen mit dem Arm. Das Mädchen richtete sich mühsam auf und lief ungelenk in die Mitte des Hofes, wie mit Holzpantinen. Sie trug einen fadenscheinigen Mantel mit Pelzkragen und blaue Gummistiefel an den Füßen. Als sie die Augen hob, dachte Ventura, daß er noch nie einem so traurigen Blick begegnet war. Sie war blond und hatte ein ausgezehrtes Gesicht mit tiefen, schildpattfarbenen Ringen unter den Augen. Plötzlich schlug sie den Mantel auseinander. Sie war nackt darunter. Sie schlug ihn auseinander und zusammen, wie bei einer Jahrmarktvorstellung. Das Mädchen hatte zwei magere, behaarte Brüste und einen Penis. Was machst du da? fragte Herbal, weißt du nicht, daß das verboten ist?

Du bist ein Dreckskerl.

Hahaha.

Er ging jeden Tag zur Strafzelle, in der Doktor Da Barca saß, und spuckte durch das kleine Fenster in der Tür. Eines Nachts erwachte er mit Atemnot. Sein Herz schlug angstvoll im Brustkasten. Er erschrak so sehr, daß die Schlaflosigkeit ihn zu der Zelle führte, in der Da Barca schlief; dort lehnte er sich keuchend an die Tür und war kurz davor, um Hilfe zu bitten. Aber am Ende ging er in die Mondkühle des Hofes hinaus und begann, tief einzuatmen.

In diesem Augenblick bemerkte er, wie sich der Verstorbene auf seinem Ohr niederließ. Eine wundersame Erleichterung.

Bist du es? Wo zum Teufel hast du gesteckt? fragte er, seine Freude verbergend. Hast du deinen Sohn gefunden?

Nein, ich habe ihn nicht gefunden. Aber ich habe mir von meiner Familie sagen lassen, daß er außer Gefahr ist.

Das hatte ich dir schon gesagt. Du solltest mir trauen.

Ach, ja? antwortete der Verstorbene ironisch.

Hör mal, Maler. Sag mir: Weißt du, was ein Phantomschmerz ist?

Ich weiß ein bißchen davon. Daniel Da Barca hat es mir erklärt. Er hatte eine Untersuchung im Krankenhaus der Fürsorge durchgeführt. Man sagt, das sei der schlimmste Schmerz, ein Schmerz, der sich bis zum Unerträglichen steigert. Die Erinnerung an den Schmerz. Der Schmerz von etwas, das du verloren hast. Warum fragst du das?

Nur so.

15

Marisa Mallo blickte auf die Araukarie und spürte selbst das Gewicht des Blickes. Diese vor das Stammhaus des Großvaters gepflanzte Majestät beherrschte das Tal und stach in den Himmel mit ihren großen pflanzlichen Treppenstufen.

Die Hunde hatten sie willkommen geheißen. Sie erkannten ihren Geruch und stritten sich mit wilder Fröhlichkeit darum. Sie umsprangen sie, stellten die Besucherin stolz zur Schau, wie eine wertvolle Eroberung. Aber Marisa hatte noch nie dieses Gefühl gehabt, das Gefühl, von der Araukarie beobachtet zu werden.

Du kommst also zurück, Mädchen? sagte sie von ihrer Höhe herab.

Und während sie auf das Haus zuging, fühlte sie sich auch von den blühenden Bäumen ausgespäht, die den weißen Kiesweg säumten, als würden die Kamelien sich mit dem Ellenbogen anstoßen und die chinesischen Magnolien hinter vorgehaltener Hand wispern.

Diese Welt gehörte ihr in gewisser Weise. Sie war Schauplatz der Spiele, war ihr Versteck gewesen. Hier hatte sie auf ausdrücklichen Wunsch des Großvaters ihr Debut in der Gesellschaft gefeiert, ein exotisches Fest in der Tradition von Fronteira. Sie lächelte beim bloßen Gedanken daran.

Da war der Großvater, Benito Mallo, wie er neben ihr, unter dem Weinlaub, dem langen Tisch des Festmahls vorsaß. So lang, daß das Weiß der Tischdecken an den äußersten Enden in der Erinnerung Marisas mit dem Laubwerk des Gartens verschwamm. Neben der Enkelin, dem jungen blonden Mädchen, in dem schon eine schöne Frau heranwuchs, saß mit stolzem Lächeln Benito Mallo. Es war das erste Mal, daß es ihm gelungen war, alles zu versammeln, was Rang und Namen hatte. Da waren, an herausragender Stelle, jene, die ihn einst am meisten verachtet hatten, die vornehmsten Herrschaften des Ortes, und lachten huldvoll über seine Späße. Da waren der Bischof und die Geistlichen, auch der Pfarrer, der ihn einmal von der Kanzel herab als kapitalen Sünder bezeichnet hatte. Da waren die Kommandanten des Grenzschutzes, dieselben, die geschworen hatten, ihn, als er noch ein verwegener Niemand war, mit dem Kopf nach unten an der Brücke aufzuhängen, damit die Aale ihm die Augen herausfräßen. Aber etwas war mit der Wirklichkeit geschehen. Sie war noch immer dieselbe. Dieselben Werte, dieselben Gesetze, derselbe Gott. Nur, daß Benito Mallo die Grenze überschritten hatte. Er war reich geworden durch den Schmuggel. Man sprach von Kaffee, von Öl, von Stockfisch. Aber die Phantasie des Volkes wußte mehr: Tonnen von Kupfer, angehäuft durch ein elektrisches Leitungsnetz, das in einer Kurbel endete, die sich Tag und Nacht drehte; Schmuckstücke, die im Bauch des Viehs reisten; Seidenstoffe, die eine Legion scheinschwangerer Frauen transportierte; Waffen, die einem Toten in seinem Sarg die Ehre erwiesen.

Benito Mallo hatte jenes Maß an Reichtum erreicht, bei dem die Leute aufhören zu fragen, woher er stammt. Er war nach und nach zur Legende geworden. Der Dorfbewohner, der in Coruña geschneiderte Anzüge trug. Der einen Ford mit Ledersitzen kaufte, in dem die Hühner brüteten. Der goldene Wasserhähne hatte, aber den Wald als Abtritt benutzte und sich mit Kohlblättern abwischte. Der seinen Geliebten Falschgeld schenkte.

Etwas davon änderte sich, als Benito Mallo das Stammhaus mit der großen Araukarie kaufte. Einem ungeschriebenen Gesetz zufolge besaß das Bürgermeisteramt, wer die Araukarie besaß. Und einer von Benito Mallos Vertrauensanwälten wurde zur Zeit der Diktatur Primo de Riveras zum Bürgermeister ernannt. Aber deshalb hörte er nicht auf, das unsichtbare Reich der Grenze zu regieren. Er wirkte ein festes Gewebe mit dem Schiffchen des Tages und dem der Nacht. Er trat sicher in den vornehmen Salons auf, machte sich die stolzesten Beamten und Richter gefügig, aber nachts konnte man ihn bisweilen auf einer Mole am Miño sehen, mit seinem unverwechselbaren breitkrempigen Hut, wo er jedem, der es hören wollte, sagte: Hier bin ich, der König des Flusses. Danach, wie er auf den Boden einer Kneipe spuckte, wo er das Ausladen feierte. In den letzten Monaten war ich in New York, wißt ihr? Ich habe diesen Anzug gekauft und eine Tankstelle in der 42. Straße. Und seine Männer wußten, daß das durchaus kein Bluff sein konnte. Toll, Chef, wie Al Capone. Sie lachten über das gleiche wie er. Er hatte Humor, aber nur, wenn es ihm paßte. Wenn er wütend wurde, sah man den Grund seiner Augen, die Flammen eines Ofens. Dieser Al Capone ist ein Verbrecher. Ich nicht. Natürlich, Don Benito. Entschuldigen Sie den Scherz.

Benito Mallo las mit großer Mühe. Ich war nicht in der Schule, sagte er oft. Und diese Unwissenheitserklärung klang aus seinem Mund wie eine Warnung, die um so kategorischer wurde, je mehr sich seine Position verbesserte. Die einzigen Papiere, denen er Wert zuerkannte, waren die Eigentumsurkunden. Er las sie langsam und mit lauter Stimme, fast buchstabierend, ohne daß es ihm etwas ausmachte, sein Ungeschick zu zeigen, als wären es Bibelverse. Und dann unterschrieb er mit einer Art Fausthieb aus Tinte.

Um das Stammhaus in Fronteira zu kaufen, mußte Benito Mallo den Widerstand der Erben des Herrensitzes brechen. Sie lebten in Madrid und kamen nur in den Sommerferien und zu Weihnachten. Dann veranstalteten sie eine lebende Krippe. Die armen Kinder der Gemeinde stellten die Figuren des Vorplatzes dar, außer der Jungfrau und dem heiligen Josef, die von den beiden Kindern der Familie verkörpert wurden. Sie waren es, die am Ende der Vorstellung ein Weihnachtsgeschenk verteilten, das aus Schokolade und getrockneten Feigen bestand. Einmal trat auch Benito Mallo als Hirte auf, mit Fellweste und Hirtentasche. Er trug ein Lamm in den Armen und mußte es der Jungfrau, dem heiligen Josef und dem Jesuskind als Gabe darbringen. In jenem Jahr lag das Baby einer Dienstmagd in der Krippe, ein uneheliches Kind. Die bösen Zungen von Fronteira schrieben die Vaterschaft Luis Felipe zu, dem Besitzer des Stammhauses. Benito Mallo war ebenfalls ein natürliches Kind, aber damals wußte er schon, wer sein Vater war: ein großmäuliger Feuerwerker, der bei einem Volksfest durch Messerstiche ums Leben gekommen war. Jahre später, als junger Mann und in den Anfängen seines Ruhms, war Benito Mallo betrunken zu Pferde in das Patronatsfest geplatzt und hatte mit Schüssen in die Luft dem Tanz ein Ende gemacht. Alle erinnerten sich an seinen Schrei voll Wut und Traurigkeit, bevor er sich im Trichter der Nacht verlor.

Feste! Bei so einem ist mein Vater gestorben!

In seiner Rolle als Hirtenjunge der Krippe in der Kapelle des Stammhauses mußte er ein kurzes Weihnachtslied singen. Am Abend davor hatte ihm seine Mutter eine Strophe beigebracht. Er krümmte sich vor Lachen, während er sie übte. Nachdem er das Lamm zu Füßen der Krippe des Jesuskindes niedergelegt hatte, trat Benito Mallo vor die Zuhörerschaft und ließ mit großem Ernst seinen Gesang vernehmen:

Gib uns unsre Weihnachtsgabe,
mag's auch wenig sein,
einen ganzen Speck vom Schwein,
und 'nen halben obendrein.

Die Herrschaft des Stammhauses und die Freunde verharrten zunächst in perplexem Schweigen. Dann begannen sie zu lachen. Ein endloses lautes Gelächter. Benito Mallo sah, wie einige von ihnen sich die Tränen trockneten. Sie weinten vor Lachen. Ihm brannte der Grund der Augen. Wenn es Nacht gewesen wäre, hätten sie wie die Augen einer Wildkatze gefunkelt.

All die Vermittler, die Benito Mallo nach Madrid schickte, hatten keinen Erfolg. Es war, als wollte man kaltes Eisen schmieden. Jedesmal, wenn der Handel abgeschlossen schien, stellte diese verarmte Familie neue Bedingungen. Eines Tages ließ Benito Mallo den Chauffeur rufen und sagte ihm, er solle sich auf eine lange Fahrt einstellen. Sie luden zwei von den Tonnen in den Kofferraum, in denen der Räucherfisch aufbewahrt wurde. Ich bringe das hier für die Herrschaften, sagte er, als er in ihrer Wohnung in Madrid erschien. Sagen

Sie ihnen, daß ich Benito Mallo bin. Sie ließen ihn in den Salon treten, und dort, vor versammelter Familie, machte er ohne weitere Umstände die erste Tonne auf. Die Scheine waren sorgfältig in konzentrischen Kreisen angeordnet, wie feinste Heringe. Appetitlich. Sehen Sie nur, wie sie glänzen und riechen. Sie können sie probieren. Sie kauen. Schmackhafte Räucherfische. Aber Benito Mallo sagte: Sie können sie zählen, in aller Ruhe. Er sah auf seine Taschenuhr. Ich gehe mir ein Lotterielos kaufen. Wenn Sie einverstanden sind, dann rufen Sie einen Notar Ihres Vertrauens. Als er zurückkehrte, hatte sich jedoch beim Herrn des Hauses der Tick des sardonischen Lachens verstärkt. Die Frau verharrte stumm, mit heftig wogender Brust. Und die beiden Kinder, Junge und Mädchen, flankierten ihren Vater. Hochnäsig, mit lauerndem Kranichhals, als wohnten sie einer Beleidigung bei.

Nun?

Wir wissen Ihr Interesse zu schätzen, sagte Luis Felipe, aber uns erscheint das alles sehr überstürzt. Es geht nicht nur um Geld, Señor Mallo. Es gibt Dinge, die haben keinen Preis, sondern starken Gefühlswert.

Die Bibliothek, Papa, warf das Mädchen ein.

Ja. Zum Beispiel die Bibliothek. Es ist eine außergewöhnliche Bibliothek. Sie gehört zum Besten in Galicien. Sie hat einen unschätzbaren Wert.

Ich verstehe. Couto, sagte Benito Mallo zum Chauffeur, hol noch eine Fischtonne herauf.

Es sollten Jahre vergehen, bis Benito Mallo sich wieder an diese Bibliothek erinnerte, die die Wände des Arbeitszimmers, des Salons und einen langen Flur des Hauses einnahm. Ab und zu machte irgendein Besucher eine bewundernde Bemerkung, nachdem er in den alten Bänden geblättert hatte.

Was Sie hier haben, ist herrlich, ein Schatz.

Ich weiß, nickte Benito Mallo stolz. Es hat einen unschätzbaren Wert.

An der Rückwand des Arbeitszimmers, das er als Büro benutzte, stand eine illustrierte Enzyklopädie. Es waren solide, ebenmäßige Bände, die aussahen, als wären sie in Marmor gebunden, und dem Raum den feierlichen Ernst eines Mausoleums verliehen. Aber jedesmal, wenn er sich von seinem Stuhl erhob und rechts um den Tisch herum ging, begegnete der alte Schmuggler in Augenhöhe einer beunruhigenden Reihe ungleicher Bücher, einige davon ohne Einband, unter einer Inschrift aus in Holz geschnitzten Buchstaben:

Poesie

Eines Tages stand er auf und setzte sich wieder. In seinen Händen hielt er ein Buch mit dem Titel: *Die hundert besten spanischen Gedichte* von Don Marcelino Menéndez y Pelayo. Fortan widmete er jeden Tag einen Teil seiner Freizeit der Lektüre dieses Buches. Bisweilen ließ er es offen in seinem Schoß liegen und versank in die Betrachtung des Films, den der Himmel in der Galerie des Wohnzimmers vorführte, oder schloß die Augen, um wach zu träumen. Er gab den Dienstboten Anweisungen, damit niemand ihn störte, und diese gewöhnten sich einen neuen Ausdruck an, als handelte es sich um eine eingewurzelte Gewohnheit: Der Señor liest das Buch.

Die Manien des Großvaters waren heilig, und niemand machte sich allzu große Sorgen wegen dieser plötzlichen Vorliebe, die man der alterstypischen Erweichung des Gehirns zuschrieb. Aber eines Tages tat er einen weiteren Schritt und rezitierte vor der Familie, im Eßzimmer, die erste Strophe der *Coplas* von Jorge Manrique auf den Tod seines Vaters. Das Echo, das er hervorrief, die Bewegtheit der Großmutter Leonor und die erstaunten Gesichter der anderen ließen ihn eine Dimension menschlichen Gelingens entdecken, die ihm bislang unbekannt gewesen war. Aber Benito Mallo hatte ein Problem. Sein ausgeprägter Sinn fürs Praktische bewirkte, daß er seine Schlußfolgerungen – auch die falschen – mit der natürlichen Ordnung des Lebens verwechselte.

Am Tag von Marisas gesellschaftlichem Debüt, als man beim Nachtisch saß, stand der Großvater auf und klopfte mit dem kleinen Löffel an ein Glas, wie eine Glocke, die Stille gebietet. Er hatte den Vorabend hinter verschlossenen Türen im Arbeitszimmer verbracht, und man hatte gehört, wie er allein sprach und in verschiedenen Registern deklamierte. Er sei ein Mann, der Ansprachen verachte. Worte, die der Wind verweht. Aber heute, sagte er, will ich etwas sagen, das mir von Herzen kommt, wie Wasser, das aus der Quelle der Seele strömt. Und welche Gelegenheit könnte besser sein als die eines Festes, mit dem wir nicht ohne Wehmut den Frühling des Lebens feiern, das Erwachen der Blüte, den Übergang von der Unschuld zu den süßen Pfeilen Cupidos.

Vereinzeltes Räuspern war zu hören. Benito Mallo brachte es mit einem strengen Seitenblick zum Verstummen.

Ich weiß, daß viele von euch sich über diese Worte wundern werden und daß nicht einmal ich frei von dem

Spott bin, den die gefühlvollsten Gefühle in diesen Zeiten auslösen. Aber, meine Freunde, es gibt Momente, in denen der Mensch im Leben innehält und Bilanz zieht.

Als wären Sprache und Augen verschiedenen Wegen gefolgt und würden nun in einem Punkt zusammentreffen, verhärteten sich sein Blick und seine Stimme. Ich nehme kein Blatt vor den Mund. Fressen oder gefressen werden. Das ist die Frage. Stets habe ich diesen Grundsatz verteidigt und kann in aller Bescheidenheit sagen, daß ich den Meinen etwas mehr Vermögen hinterlasse, als das unglückselige Schicksal mir einst in die Wiege legte. Aber der Mensch lebt nicht vom Brot allein. Man muß auch den Geist pflegen.

Das heißt, die Kultur.

Während er sprach, wanderte sein Blick langsam über die Gäste und verwandelte die ironischsten und amüsiertesten Mienen in aufmerksame Ergebenheit.

Die Kultur, meine Herrschaften! Und in ihr die erhabenste Kunst. Die Poesie.

In aller Stille und Bescheidenheit habe ich ihr in der letzten Zeit einen Teil meiner innersten Gedanken gewidmet. Ich habe Felder bestellt, die bislang brach gelegen hatten. Ich weiß sehr wohl, daß wir alle ein Ungeheuer in uns tragen, die einen mehr, die anderen weniger. Aber selbst der abgehärtete Mensch ist bewegt, wenn er die Saiten seiner Seele hört, wie das Kind, das auf dem Dachboden eine Spieldose aufzieht.

Der Redner ließ sich einen Schluck Wasser schmecken, sichtlich zufrieden darüber, der Öffentlichkeit dieses Bild des Ungeheuers und des Kindes zu präsentieren, über das er nachts so lange gegrübelt hatte. Das Publikum der Gäste verharrte seinerseits in Grabesstille, eingeschüchtert durch die funkelnden Augen Benito Mallos, aber auch heftig daran interessiert, endlich zu erfahren, ob aus seinem Mund nun Sarkasmus oder Verwirrung sprach.

All diese erklärenden Worte gehören zur Sache, denn ich wollte euch nicht einfach so überrumpeln. Es hat mich große Überwindung gekostet, diesen Schritt zu tun, aber ich habe gedacht, daß die Gelegenheit das Wagnis wert ist. Und hier ist das Ergebnis. Ich vertraue diese meine Gedichte eurem Wohlwollen an und bin mir dabei bewußt, daß die Begeisterung des Neulings den Mangel an Erfahrung nicht auszugleichen vermag.

Als erstes ein Gedicht, das ich zur Ehre unserer Alten und Vorfahren verfaßt habe.

Benito Mallo schien einen Augenblick zu zögern, wie überwältigt von der Emotion, aber dann fand er sogleich wieder zu seiner würdevollen Haltung zurück und begann mit dichterischem Feuer zu deklamieren:

Unsere Leben sind die Flüsse,
und sie münden in das Meer
des Todes ...

Der Scherz gelangt an sein Ende, dachten einige. Und sie applaudierten den Versen von Jorge Manrique mit einem komplizenhaften Lachen, das keine Antwort fand. Im Gegenteil, Benito Mallo sandte ihnen einen vernichtenden Blick, und sie zogen den Kopf ein, bis er das Gedicht für beendet erklärte.

Und jetzt, sagte er mit der einschüchternden Stimme eines Nero, jetzt ein Gedicht, das mich viel Arbeit gekostet hat. Einen ganzen Nachmittag wenigstens, denn das erste Reimpaar widerstand mir wie ein Rohdiamant:

Ein Sonett zu dichten trägt mir auf Violante
noch nie ich eine ähnliche Bedrängnis kannte …

Es gab kein Lachen mehr. Nicht einmal für Lope de Vega. Nur einiges Gemurmel, das er mit der stählernen Warnung der Augen zum Verstummen brachte. Als er fertig war, applaudierten sie ihm, nicht irgendwie, sondern in der förmlichen Art der Galakonzerte.

Und zum Schluß ein Gedicht, das ich der Jugend widme. Und ganz besonders meiner Enkelin Marisa, die schließlich und endlich der Grund unserer Zusammenkunft ist. Was würden wir nicht darum geben, wieder jung zu sein? Zuweilen tadeln wir die Jungen, weil sie rebellisch sind, aber das ist natürlich für ihr Alter, der romantische Geist. Im Gedanken an euch, an die Jüngsten, habe ich mir eine Gestalt vorgestellt, die die Freiheit verkörpern soll, und das Ergebnis ist dieses Piratenlied:

Mit zehn Kanonen pro Seite,
mit Segeln, vom Winde gebläht,
berührt die Brigg nicht die Wellen,
sie fliegt, von sich selbst bewegt …

Es folgte eine Ovation mit Hochrufen auf den Dichter Don Benito. Ihm machte es nichts mehr aus, daß sie einen spöttischen Unterton hatten. Er hob das Glas auf die Zukunft. Trank in einem Zug ein Glas Kognak aus. Sagte: Und jetzt, amüsiert euch! Und dann ging er allein ins Haus und wurde für den Rest des Tages nicht mehr gesehen.

Am Abend wollte Marisa, noch immer beunruhigt, ihn um Erklärungen bitten, aber sie sah, daß er im Dämmer lag. Er hatte sich betrunken. Die leere Flasche des Kräuterschnapses auf dem Tisch. Ein Bodensatz goldener Klebrigkeit im Glas und in der Stimme.

Hast du gesehen, Mädchen? Die Macht!

Als die Republik ausgerufen wurde, wurde er Republikaner. Er blieb nur wenige Monate dabei. Bald wurde sein Idol der Schmuggler, Bankier und Verschwörer Juan March, damals bekannt als der letzte Pirat des Mittelmeers. Über ihn erzählte er gern eine Anekdote, die ihm als besonders beispielhaft für die Verstandesschärfe der modernen Zeiten erschien. Genau wie er las und schrieb Don Juan schlecht, aber er war eine Kanone im Rechnen. Primo de Rivera bewunderte diese Fähigkeit. Während einer Versammlung, bei der die Minister anwesend waren, wandte er sich an March und sagte: Na, Don Juan, wieviel ist sieben mal sieben mal sieben mal sieben plus sieben? Und March antwortete blitzschnell, ohne zu überlegen: zweitausendvierhundertacht, Herr General. Und der Diktator sagte zum Finanzminister: Nehmen Sie sich ein Beispiel, Herr Minister!

1933 schickte Benito Mallo Juan March Meeresfrüchte ins Gefängnis, aus dem dieser nicht viel später in Begleitung des Direktors höchstpersönlich fliehen sollte. Sie hatten den gleichen Wahlspruch. »*Diners o dinars.*« Geld oder Essen. Sie glaubten, mit diesen Waffen lasse sich alles kaufen.

Jetzt schnappten die Hunde nach ihren Handgelenken, mit wilder Zärtlichkeit, wie zum Vorwurf. Marisa begrüßte den portugiesischen Gärtner mit einer Fröhlichkeit, die etwas Beschwörendes hatte.

He, Alírio, wie geht es dir?

Eingehüllt in den Aschendunst dürren Laubs, hob

der Gärtner den Arm in einer langsamen, pflanzenhaften Bewegung. Dann machte er sich selbstversunken wieder daran, dem Weihrauchgefäß des Waldes Nahrung zuzuführen. Sie wußte, was die Gerüchte sagten, Fronteiras Geheimfunk. Daß Alírio Sohn eines früheren Dienstherrn des Großvaters war, in der Zeit, als dieser sich in jungen Jahren den Lebensunterhalt auf den Wegen zu verdienen begann, und daß Benito Mallo nicht geruht hatte, bis er einen von der Familie in seinen Dienst gestellt hatte, nicht so sehr aus Dankbarkeit als aus einer konfusen Rache an der Geschichte. Den ungeschriebenen Gesetzen Fronteiras zufolge gab es keinen schlimmeren Makel als den, für die auf der anderen Seite des Flusses gearbeitet zu haben. Wie auch immer, in diesem ummauerten Universum wirkte Alírio wie das freieste Wesen. Er lebte abseits der Menschen und bewegte sich auf dem Grundstück wie der Schatten einer Sonnenuhr. Als Kind glaubte Marisa, daß die Jahreszeiten zum Teil Werk dieses Gärtners waren, der so schweigsam war, daß er stumm zu sein schien. Er löschte Farben und zündete sie an, als hätte er im Garten eine unsichtbare Lunte unter der Erde, die Knollen, Bäume und Zierpflanzen verband. Das Gelb ging nie aus. Das Dekret des Winters löschte die letzten Lichter der goldfarbenen Chinarose, aber in diesem Augenblick, in dieser düsteren Atmosphäre reiften schon die Zitronen und erschienen die Seelen mit Tausenden von Kerzen im Laubwerk der Mimosen. Und während der wilde Stechginster und der Gartenginster in Funken erblühten, leuchteten die Zweige der Forsythien auf. Und dann glommen auch schon die Bodenlampen der ersten Lilien und Narzissen. Bis dann im Frühling die Pracht des

Goldregens explodierte. Es war Alírio, der mit seinem Feuerzeug die Beleuchtung besorgte.

Wenn Benito Mallo vornehmen Besuchern die herrliche Botanik des Herrenhauses zeigte, die von den Varietäten der Kamelie beherrscht wurde wie von einem Wappenzeichen, folgte Alírio ihnen in einiger Entfernung, die Hände auf dem Rücken verschränkt, wie der Schlüsselbewahrer dieser Kathedrale. Er half dem Señor mit den Namen der Arten, wenn dieser ihn danach fragte, und brachte mit viel Taktgefühl die unerläßlichen Korrekturen an.

Alírio, wie alt mag diese Bougainvillea sein?

Diese Glyzinie, Señor, muß so alt wie das Haus sein.

Marisa bewunderte die Diagnose, mit der er den Zustand der Bäume auf den Begriff brachte, etwas, was er nur in unvorhersehbaren Momenten tat, als würde er ein Rezept in die Luft schreiben. Diese blassen Blätter! Der Zitronenbaum ist melancholisch. Der Rhododendron leidet mit. Die Kastanie hat einen schwankenden Atem. Diese Kastanie war für Marisa ein geheimes Zuhause gewesen, die Höhlung einer Kajüte in dem hundertjährigen Stamm, mit ihrem Bullauge, von dem aus sie die Welt sehen konnte, ohne gesehen zu werden. Sie und die Kastanie teilten mindestens ein Geheimnis, das des Chauffeurs und der Tante Engracia. Schschsch.

Als sie Da Barca erzählte, was Alírio über die Kastanie gesagt hatte, war der Arzt verblüfft. Dieser Gärtner ist ein Professor! Ein Gelehrter! Und dann sagte er nachdenklich: Die Bäume sind seine Fenster. Er erzählt dir von sich.

Alírio löst sich jetzt im Aschendunst auf.

Der Großvater erscheint oben auf der Freitreppe, um

sie zu begrüßen. Die Arme hängen ihm steif von den Schultern herab, und die Ärmel des Jacketts verbergen fast ganz die Hände, nur die Klauen, die einen Stock umklammern, sind sichtbar. Ein metallischer Knauf in Form eines Hundekopfes. Lebendig ist noch immer der Falke der Augen, Benito Mallos unverwechselbares Siegel, aber es gibt diesen Unwillen in ihm, mit dem der klarsichtige Geist der Sklerose trotzt. Und deshalb steigt er die Treppe herunter.

Soll ich Ihnen helfen?

Ich bin kein Verstorbener.

Und sie sagt, sie sollten beim Reden einen Spaziergang zum Rosengarten machen, man müsse die Wintersonne ausnutzen, sie sei gut für ihn, um das zu bekämpfen, was er das verdammte Rheuma nennt.

Du bist sehr hübsch, sagte er. Wie immer.

Marisa dachte an das letzte Mal, als sie sich gesehen hatten. Sie mit aufgeschnittenen Pulsadern im Bad, verblutend. Sie mußten die Tür eintreten. Er hatte beschlossen, daß dies niemals geschehen war.

Ich komme, um Sie um einen Gefallen zu bitten.

Das ist gut. Das ist meine Spezialität.

Der Krieg ist jetzt seit einem Jahr und acht Monaten zu Ende. Es heißt, es soll Begnadigungen zu Weihnachten geben.

Benito Mallo blieb stehen und holte Luft. Die Wintersonne blinzelte im prachtvollen Glasfenster der Araukarie. Der schwankende Atem, dachte Marisa, während sie mit den Blicken die Rauchwolke des Gärtners suchte.

Ich werde dir nichts vormachen, Marisa. Ich habe alles getan, was ich konnte, damit man ihn aus der Welt schaffte. Jetzt kann ich euch keinen größeren Gefallen tun, als nichts zu tun.

Deine Macht ist größer, als du behauptest.

Er drehte sich zu ihr um und schaute sie mit einem langen Blick an, in dem keine Herausforderung lag, nur die Neugier von jemandem, der ein fremdes Gesicht im Fluß gespiegelt sieht. Bewegt man das Wasser, rinnt das Gesicht durch die Hände, ungreifbar, und bildet sich wie eine zweite Wirklichkeit von neuem.

Bist du sicher? Gegen dich war ich machtlos.

Sie wollte zu ihm sagen: Wann wirst du endlich begreifen, daß es etwas gibt, das Liebe heißt? Ihn mit einem Seitenhieb an seine Begeisterung für die Dichtkunst erinnern. Die Episode seiner einzigen Dichterlesung war für alle Zeit als Farce in die Annalen von Fronteira eingegangen. Benito Mallo hatte einem Zigeuner, der auf dem Weg nach Coimbra war, die Bücher des Regalfachs geschenkt, das ihn verhext hatte, und an ihrer Statt die Bände des Bürgerlichen Gesetzbuches aufstellen lassen. Aber Marisa schwieg. Sie sagte nur: Es gibt sie, die Liebe, Großvater.

Die Liebe, murmelte er, als hätte er Salzkörner im Mund. Und dann sagte er mit heiserer, kehliger Stimme: Ich werde nichts mehr tun. Folge deinem Weg. Da hast du deinen Gefallen.

Marisa protestierte nicht, denn das war es, was sie zu erreichen hoffte. Das waren die Gesetze von Fronteira: Verlange zehn, wenn du ein Zehntel haben willst. Außerdem band das Wort des Großvaters den ganzen Klan, angefangen bei ihren Eltern, die sich lammfromm Benito Mallos Willkür fügten. Ein familiärer Schutzbrief. Keine Manöver mehr, keine Freier mehr für Penelope.

Folge deinem Weg. Ich werde meine gefangene Liebe heiraten.

Ich werde ihn heiraten, sagte sie.

Benito Mallo sagte nichts. Er warf einen letzten Blick auf das Pflanzenfenster der Araukarie und wandte sich dann dem Haus zu. Für ihn war der Spaziergang beendet.

Die Hundepfeife ertönte. Couto, der Chauffeur, der ihm als Wächter diente, näherte sich diskret.

Entschuldigen Sie, Señor. Die Frau von dem Mann aus Rosal ist hier. Der Geflohene ist schon in Lissabon. Sie will Ihnen danken.

Mir danken? Sie soll das Vereinbarte zahlen und gehen!

Marisa wußte, worum es ging. Der Großvater gehörte zu den Siegern. Die Repression war in Fronteira besonders grausam gewesen. Ein Beinhaus voller Totenschädel mit Einschußlöchern. Zuviel für den praktischen Verstand. Und er war ein praktischer Mensch.

Übermorgen, sagte er, sich Marisa wieder zuwendend, wird ein Zug aus Coruña abgehen. Ein Sonderzug. Und *dein* Doktor fährt mit.

16

Die Uhr des Bahnhofs von Coruña stand immer auf fünf vor zehn. Der Zeitungsjunge hatte bisweilen den Eindruck, daß der Minutenzeiger, der längere, leicht zitterte, um dann wieder aufzugeben, ohne gegen sein Gewicht anzukommen, wie der Flügel eines Huhns. Der Junge dachte, daß die Uhr im Grunde recht hatte und daß dieser ewige Defekt eine realistische Entscheidung war. Auch er würde gerne still verharren, wenn auch nicht um fünf vor zehn, sondern vier Stunden früher, wenn sein Vater ihn in dem kleinen Haus weckte, in dem sie in Eirís lebten. Winters wie sommers hing über dem Ort eine tiefe Nebelwolke, eine kompakte Feuchtigkeit, die das Haus Jahr um Jahr schrumpfen zu lassen schien, das Dach verzog und die Wände rissig machte. Der Junge war sicher, daß in der Nacht einer ihrer Fangarme durch den Schornstein eindrang und sich mit seinen großen Saugnäpfen an der Zimmerdecke festsetzte, wo er diese runden Flecken hinterließ, wie Bilder von Kratern eines grauen Planeten. Die erste Landschaft beim Erwachen. Der Junge mußte die Stadt durchqueren, bis zur Porta Real, wo er die Exemplare von *La Voz de Galicia* entgegennahm. Im Winter rannte er manchmal, um die Kälte der Füße zu verscheuchen. Sein Vater hatte ihm Sohlen aus Stücken von Autoreifen gefertigt. Wenn der Junge rannte, machte er tüttüttüüüt, um sich seinen Weg im Nebel zu bahnen.

Alle wußten, daß der Eilzug aus Madrid mit großer Verspätung eintreffen würde. Der Junge verstand nicht, warum man es Verspätung nannte, wenn der Zug immer pünktlich zwei Stunden später ankam. Aber alle, die Taxifahrer, die Gepäckträger, der alte Betún sagten: Scheint, er kommt mit Verspätung. Sie, die hartnäckig auf ihrem Irrtum beharrten, waren es, die zur falschen Zeit kamen. Wenn sie die Wirklichkeit akzeptieren würden, könnte er ein bißchen länger schlafen und müßte nicht den Nebel mit seiner Phantasiehupe teilen.

Der alte Betún sagte zu ihm:

Ja, natürlich. Aber wenn er nun eines Tages pünktlich kommt? Du hältst dich für sehr gewitzt, was, Schlaumeier?

Er hätte gern Tabakwaren verkauft. Aber das tat schon der alte Betún, der früher Schuhputzer gewesen war. Er verkaufte Zigaretten, und er verkaufte alles. Sein Mantel war ein großes Vorratslager mit einer unvorhersehbaren Auswahl. Deshalb trug er ihn auch im Sommer. Aber der Junge verkaufte nur Zeitungen. Heute könnte ein guter Tag sein, wenn einige dieser Männer sie ihm abkauften. Rechnete man dann noch die vom Zug, wäre er seinen ganzen Stapel los und müßte nicht herumlaufen und sie ausrufen. Er würde mit den Händen in den Taschen nach Hause gehen und sich unterwegs eine Flasche Brause kaufen.

Aber keiner der Männer, die in einer Reihe liefen, sollte die Zeitung kaufen. Nur einer, ein hochgewachsener Mann in einem alten Anzug ohne Krawatte und mit einem Lederkoffer, der an den Ecken abgewetzt war, blieb einen Augenblick stehen und schaute auf die erste Seite. Eine Schlagzeile in großen Buchstaben: »Treffen zwischen Hitler und Franco.« Der Mann mit dem Anzug ohne Krawatte und dem Lederkoffer las weiter, während er vorrückte. Den fettgedruckten Vorspann der Nachricht: »Der Führer ist heute an der spanischfranzösischen Grenze zu einem Gespräch mit dem spanischen Staatschef, Generalísimo Franco, zusammengetroffen. Die Atmosphäre des Gesprächs war von der Freundschaft gekennzeichnet, die beide Nationen verbindet.« Da die Nachricht ihn zu interessieren schien, könnte der Mann, wenn er die Zeitung kaufen würde, im Innern einen Kommentar der offiziellen Nachrichtenagentur Efe finden, in dem darauf hingewiesen wurde, daß »die unvergleichliche, stolze Gestalt des Caudillos bei dem schon jetzt historischen Gespräch mit dem Führer vor Europa und vor der Welt den Herrscherwillen unseres Vaterlandes bekräftigt hat.« Aber der Mann konnte die Zeitung nicht aufschlagen, aus dem einfachen Grund, weil er zu der Reihe gehörte, obwohl er fast der letzte war und gerade hinter ihm ein Gendarm mit Dreispitz und Pelerine ging, bewaffnet mit einem Gewehr, und der blieb nicht vor dem Zeitungsjungen stehen, sondern stampfte weiter.

Um diese Zeit fuhr gewöhnlich kein Zug, aber an diesem Morgen stand einer auf einem der Hauptgleise. Es war ein Zug aus geschlossenen hölzernen Waggons, wie sie für den Transport von Waren und Vieh benutzt wurden. Die Männer stellten sich auf dem Bahnsteig auf und setzten ihre kleinen Kleiderbündel auf den Boden. Ein Gendarm zählte sie, wobei er die jeweiligen Zahlen mit lauter Stimme sagte. Der Junge dachte, wenn er nach einer Zahl heißen würde, dann wäre er gerne die Zehn, die Zahl, die Chacho auf seinem Hemd trug, sein Lieblingsfußballer, der sagte: Man muß den Ball weitergeben, als würde er an einem Faden hängen! Doch dann erschien ein weiterer Gendarm, ein anderer, und zählte sie noch einmal. Und einer der Gepäckmeister des Bahnhofs lief auch die Reihen ab und sagte die Zahlen auf, aber sehr viel rascher, als wollte er mit den anderen wetteifern. Vielleicht fehlt ja einer, dachte der Junge und schaute sich um und unter die Waggons. Aber wen er vor sich sah, war der alte Betún, der zu ihm sagte:

Es sind Häftlinge, Schlaumeier. Häftlinge, die krank sind. Tuberkulosekrank.

Und er spuckte auf den Boden, und dann zertrat er die Spucke, wie man es mit Ungeziefer tut, das man absichtlich zertritt.

Von der Stelle aus, wo er stand, in direkter Linie zum Haupteingang, mit den Fahrkartenschaltern dazwischen, konnte der Zeitungsjunge kontrollieren, wer den Bahnhof betrat. Es war also normal, daß er die beiden Frauen sah, kaum daß sie aus einem Taxi gestiegen waren. Eine war älter, ohne alt zu sein, und die andere jünger, aber sie waren ähnlich gekleidet, so als würden sie Kleidung und Lippenstift miteinander teilen. Na, dachte der Zeitungsjunge, diese beiden sehen ganz so aus, als würden sie die Zeitung kaufen. Denn er erriet, wer die Zeitung kaufen würde und wer nicht, durch bloßen Augenschein, obwohl er sich natürlich manchmal täuschte und sogar Überraschungen erlebte. Einmal zum Beispiel kaufte ein Blinder die Zeitung. Außer den Reisenden hatte er einige sehr spezielle feste Käufer, seine Stammkunden: die barfüßige Blumenverkäuferin, die Fischfrau und der Maroniverkäufer. Sicher war vielen Journalisten der große Nutzen der Zeitungen unbekannt. Der Maroniverkäufer zum Beispiel machte spitze Tüten, perfekt wie die Kalla-Blumen, die die barfüßige Blumenverkäuferin verkaufte.

Diese beiden Señoritas mit frisch gewaschenem Gesicht, dachte jetzt der Zeitungsjunge, werden mir bestimmt eine Zeitung abkaufen. Aber er täuschte sich. Vielleicht war es seine Schuld, denn die Jüngere war zunächst seinem Ruf gefolgt und blieb sogar wie festgenagelt vor der ersten Seite mit dem historischen Foto des Führers mit Franco stehen. Aber dann wandte sie den Blick zum Bahnsteig, und er sagte, einem plötzlichen Einfall folgend:

Es sind Häftlinge, Señorita. Kranke Häftlinge. Tuberkulosekranke.

Und er überlegte, ob er auf den Boden spucken sollte, wie es der alte Betún getan hatte, aber er tat es nicht, weil er sich nicht traute und weil außerdem die Frau ihn mit plötzlich tränennassen Augen ansah, als wäre ihr ein Sandkorn hineingeflogen, und wie von einem plötzlichen Impuls getrieben zum Bahnsteig lief. Ihre Schuhe mit halbhohem Absatz hallten im ganzen Bahnhof, es schien sogar, als weckten sie den Minutenzeiger aus seiner Schläfrigkeit.

Der Zeitungsjunge sah, wie die junge Frau angstvoll die Reihe der Häftlinge ablief, ohne zu zählen, und wie sie schließlich den Mann in dem alten Anzug und ohne Krawatte umarmte. Jetzt stand alles still im Bahnhof, stiller noch als sonst, denn wenn das Gelärm der Ankunft und Abfahrt vorbei war, nahm sich der Bahnhof wie eine Sackgasse aus. Alles außerhalb der Zeit, wie die stehende Uhr, außer jenen beiden, die sich umarmten. Bis ein in der Nähe stehender Oberleutnant aus seiner eigenen Statue heraustrat, auf sie zuging und sie voneinander trennte, wie jemand, der beim Beschneiden die Ranken einer Pflanze löst.

Und zum Schluß kam ein Gendarm, der sehr langsam

zählte, als machte es ihm nichts aus, wenn man dachte, daß er nicht zählen konnte, und während er es tat, zielte er mit dem Taktstock eines dicken, roten Bleistiftes auf die Häftlinge.

Wie der, den mein Großvater benutzt, dachte der Zeitungsjunge. Ein Zimmermannsstift.

17

Sie umarmten sich im Bahnhof, erzählte Herbal Maria da Visitação. Keiner von uns rührte sich. Wir wußten nicht, was wir tun sollten. Und so ging der Oberleutnant hin und trennte sie. Er löste sie voneinander, wie einer es tut, der die Ranken einer Pflanze beschneidet.

Ich hatte sie schon einmal so gesehen, ohne daß jemand sie hätte trennen können.

Es war an dem Tag, an dem ich entdeckte, daß sie ineinander verliebt waren. Davor hatte ich sie nie zusammen gesehen oder auch nur mir vorstellen können, daß Marisa Mallo und Daniel Da Barca ein Liebespaar waren. Das hätte gut in einen Roman gepaßt, aber nicht in die Wirklichkeit der damaligen Zeit. Es war, als würde man Schießpulver in das große Weihrauchgefäß schütten.

Ich bin ihnen zufällig begegnet, als sie in der Abenddämmerung durch den Rosengarten in Santiago spazierten, und beschloß, ihnen zu folgen. Es war am Ende des Herbstes. Sie unterhielten sich sehr angeregt, ohne sich anzufassen, aber sie drängten sich näher aneinander, wenn die Windstöße das dürre Laub aufwirbelten. Auf der Alameda ließen sie ein Foto von sich machen, eines von denen, die in ein Herz eingefaßt sind. Der Fotograf hatte einen Eimer mit Wasser, in dem er die Fotos badete. Es begann zu regnen, und alle liefen zum Musikpavillon, aber ich stellte mich in der öffentlichen Toilette dort unter. Ich malte mir aus, wie sie lachten, wie ihre Körper sich berührten, während der Wind das Foto trocknete. Und als es aufklarte, nach Anbruch der Dunkelheit, folgte ich ihnen weiter durch die Straßen der

Altstadt. Es war ein endloser Spaziergang, bei dem sie sich nicht näher kamen oder zärtlich wurden, und ich begann, es leid zu werden. Außerdem fing es wieder zu regnen an, dieser Regen von Santiago, der in die Bronchien eindringt, so daß man sich wie ein Lurch fühlt. Sogar die steinernen Pferde speien Wasser aus den Mäulern.

Und was passierte? fragte begierig Maria da Visitação, die nicht an den wasserspeienden Pferden interessiert war.

Obwohl es regnete und alles, blieben sie mitten auf der Quintana dos Mortos stehen. Sie mußten völlig durchweicht sein, denn ich war tropfnaß, und dabei lief ich unter den Arkaden. Sie sind verrückt, dachte ich, sie werden sich eine Lungenentzündung holen. Dieser verdammte Arzt! Aber dann passierte das. Das mit der Berenguela.

Wer ist die Berenguela?

Eine Glocke. Die Berenguela ist eine Glocke der Kathedrale, auf der Seite der Quintana. Beim ersten Glokkenschlag umarmten sie sich. Und es war, als würden sie einander nie mehr loslassen, denn es schlug zwölf. Und die Berenguela ist so langsam, daß man sagt, sie läßt den Wein in den Fässern reifen, aber ich weiß nicht, wieso sie nicht alle Uhren wahnsinnig macht.

Wie umarmten sie sich, Herbal? fragte das Mädchen des Animierklubs.

Ich habe einen Mann und eine Frau alles mögliche miteinander anstellen sehen, aber diese beiden tranken sich förmlich. Sie leckten sich das Wasser mit den Lippen und mit der Zunge ab. Sie schlürften aus den Ohren, aus der Augenhöhle, von der Brust den Hals hinauf. Sie waren so durchnäßt, daß sie sich nackt fühlen mußten. Sie küßten sich wie zwei Fische.

Plötzlich zog Herbal mit dem Bleistift zwei parallele Linien auf die weiße Papierserviette. Und dann strich er sie mit dickeren und kürzeren Strichen durch. Die Schwellen.

Der Zug, der im Schnee verlorene Zug.

Maria da Visitação schaute auf das Weiße von Herbals Augen. Ein leicht gelbliches Weiß, wie von geräuchertem Fett. Vor diesem Hintergrund glühte die Iris in Momenten des Schweigens wie ein Stück Kohle. Wenn er sein Haar wachsen ließe, wäre es vielleicht schon von einem ehrwürdigen Weiß, aber jetzt war es dunkelgrau durch einen drastischen Rekrutenschnitt. Er war ein älterer, um nicht zu sagen alter Mann. Aber seiner Konstitution nach war er mager und drahtig, wie aus knotigem, rötlichem Holz. Maria da Visitação hatte begonnen, an das Alter zu denken, da sie im Oktober schon zwanzig geworden war. Sie kannte ältere Leute, die sehr viel jünger aussahen durch eine Art heiteren, sorglosen Pakt mit der Zeit. Andere, wie Manila, die Besitzerin des Lokals, hatten eine fast mitleiderregende Beziehung zum Alter; Manila versuchte, seine Spuren zu verbergen, ein vergebliches Unterfangen, denn ihre Aufmachung, die viel zu engen Kleider und der üppige Schmuck ließen den Kontrast nur um so stärker hervortreten. Aber sie kannte nur einen Menschen, und das war Herbal, der sich aus Fatalismus jung hielt. Man wußte nicht so genau, ob er an Atemnot litt, weil er atmen wollte oder weil er nicht atmen wollte. Diese Wut auf das langsame Vergehen der Zeit kam in den heiklen Augenblicken der Nacht zum Vorschein. Es genügte, wenn er vom Ende der Theke her mit dem Gewehr seines Blickes zielte, um den großmäuligsten Kunden dazu zu bringen, still sein Geld auf den Tisch zu legen.

Manchmal, wenn ich mit Atemnot aufwache, habe ich das Gefühl, daß wir noch immer dort festliegen, auf einem verschneiten Gleis in der Provinz León. Und es gibt einen Wolf, der uns anschaut, der den Zug anschaut, und ich ziehe das Fenster halb runter und ziele mit dem Gewehr, das ich auf die Glasscheibe stütze, und der Maler sagt zu mir: Aber was tust du da? Siehst du denn nicht? sage ich zu ihm, ich werde diesen Wolf töten. Zerstör das Bild nicht, sagt er. Es hat mich viel Mühe gekostet.

Der Wolf macht kehrt und läßt uns allein, auf dem toten Gleis.

Noch einer, sagt ein Gendarm zum Oberleutnant. In Waggon neun.

Der Oberleutnant, der flucht, wie man es vor einem unsichtbaren Feind tut. Wenn es um Tote ging, mochte er die Zahl drei nicht. Ein Toter ist ein Toter. Der zweite, eine Gesellschaft für den ersten. Er hatte es mit Gleichmut genommen. Aber was darüber hinausging, war schon ein Haufen Tote. Ein Fall. Er war ein noch junger Mann und verfluchte diesen absolut ruhmlosen Auftrag. Das Kommando über einen vergessenen, mit Niederlage und Schwindsucht beladenen Zug, der noch dazu durch die absurden Geschosse der Natur blockiert war. Ein lumpiger Fetzen des Krieges. Er verdrängte eine schreckliche Aussicht aus seinem Kopf: Ich kann doch nicht mit einem Begräbnisunternehmen in Madrid ankommen.

Schon drei Tote. Was verdammt noch mal geht da vor?

Sie ersticken am Blut. Sie bekommen einen Hustenanfall und ersticken an ihrem Blut.

Niederschmetternder Blick: Ich weiß, wie das ist. Man braucht mir das nicht zu erklären. Und der Arzt? Was tut der Arzt?

Er gönnt sich keine Ruhe. Von einem Waggon zum anderen. Ich soll Ihnen von ihm ausrichten, daß man den letzten Waggon räumen und für die Leichen reservieren muß.

Dann tut das also. Ich und der hier, sagte er, an Herbal gewandt, gehen zu Fuß zu diesem Scheißbahnhof. Man soll dem Lokomotivführer Bescheid sagen. Wir werden diesen Zug bewegen, und wenn wir ihm Beine machen müssen.

Der Oberleutnant schaute voll Unruhe hinaus. Auf der einen Seite die Ebene, weiß wie das Nichts. Auf der anderen eine eisige Landschaft blockierter Züge und Schuppen, die wie Mausoleen für Eisenbahnskelette aussahen.

Das ist schlimmer als der Krieg!

In diesem Zug hatte man die Häftlinge der Gefängnisse im Norden Galiciens zusammengefaßt, deren Krankheit schon fortgeschritten war. Im Elend der Nachkriegszeit breitete sich die Brustkrankheit wie eine Seuche aus, verschlimmert noch durch die Feuchtigkeit der Atlantikküste. Der endgültige Bestimmungsort war ein Gefängnissanatorium in den Bergen von Valencia. Aber erst einmal mußte man nach Madrid. Damals konnte ein Personenzug achtzehn Stunden für die Strecke zwischen Coruña und dem Nordbahnhof der Hauptstadt brauchen.

Unser Zug aber hieß Sondertransport, sagte Herbal

zu Maria da Visitação. Und ob er was Besonderes war!

Als man die Häftlinge in die Waggons steigen ließ, hatten viele von ihnen schon ihre Nahrungsmittelration gegessen: eine Dose Sardinen. Als warme Kleidung gab man ihnen eine Decke. Schon auf den Anhöhen von Betanzos erschien der Schnee und verließ sie nicht mehr bis Madrid. Der Sondertransport brauchte sieben Stunden bis nach Monforte, dem Eisenbahnknotenpunkt, der Galicien mit der Meseta verbindet. Aber das Schlimmste stand noch aus. Die Fahrt durch die Berge von Zamora und von León. Als er in Monforte hielt, wurde es schon dunkel. Die Häftlinge zitterten vor Kälte und Fieber zugleich.

Ich war auch starr vor Kälte, erzählte Herbal. Wir, die Leute von der Wachmannschaft, fuhren in einem Reisewaggon, mit Sitzen und Fenstern, hinter der Lokomotive. Es war eine Dampflok, die schlecht zog, als hätte auch sie es auf der Brust.

Ja, ich war als Freiwilliger dabei. Ich meldete mich, gleich nachdem ich von diesem Zug erfahren hatte, der die Tuberkulosekranken in ein Gefängnissanatorium an der Ostküste bringen sollte. Ich war überzeugt, daß ich an der gleichen Krankheit litt, aber ich verhehlte es die ganze Zeit, wich den ärztlichen Kontrollen aus, was ein leichtes für mich war. Ich glaubte, daß sie mich mit einem miserablen Sold entlassen würden und ich dann für immer aus dem Spiel wäre. Ich wollte nicht in das Dorf meiner Eltern zurück und auch nicht in das Haus meiner Schwester. Mit meinem Vater hatte ich zum letzten Mal bei meiner Rückkehr aus Asturien gesprochen. Wir stritten uns dauernd. Ich weigerte mich zu arbeiten, ich sagte ihm, ich sei auf Urlaub und er sei ein Tier. Und darauf antwortete mein Vater mit einer Gelassenheit, die ich bei ihm nicht kannte: Ich habe niemanden umgebracht. Als wir jung waren und man uns für Marokko rekrutieren wollte, sind wir in die Wälder gegangen. Ja, ich bin ein Tier, aber ich habe niemanden umgebracht. Du kannst froh sein, wenn du als alter Mann das gleiche sagen kannst! Das war das letzte Mal, daß ich mit meinem Vater gesprochen habe.

Als die Sache mit dem Zug war, habe ich mich wieder an den Unteroffizier Landesa gewandt, der damals schon befördert worden war. Arrangieren Sie es für mich, daß ich mich der Wachmannschaft des Sanatoriums anschließen kann. Ich möchte ein bißchen das Klima wechseln. Und außerdem fährt dieser Arzt mit, Doktor Da Barca, erinnern Sie sich? Ich glaube, er steht noch immer in Verbindung zum Widerstand. Ich werde Sie natürlich informieren.

Der Oberleutnant, Herbal und der Lokführer erreichen den Bahnhof in León. Der Schnee bedeckt ihre Stiefel. Sie klopften ihn auf dem Bahnsteig ab. Der Oberleutnant schäumt vor Wut. Er wird dem Stationschef die Leviten lesen, ihm Beine machen. Aber aus dem Amtszimmer tritt ein Major heraus. Es dauert, bis der Oberleutnant in seiner Überraschung Haltung annimmt. Der Major schaut ihn streng an, bevor er etwas sagt, und wartet auf den Gruß, der ihm der Rangfolge wegen zusteht. Der Oberleutnant schlägt die Hacken zusammen, steht stramm und grüßt mit mechanischer Präzision. Zu Befehl, Herr Major. Es ist sehr kalt, aber seine Stirn ist schweißnaß. Mir untersteht der Sonderzug und …

Der Sonderzug? Von was für einem Zug reden Sie, Oberleutnant?

Dem Oberleutnant zittert die Stimme. Er weiß nicht, wo er anfangen soll.

Der Zug, der Zug mit den Tuberkulosekranken. Wir haben schon drei Tote.

Der Zug mit den Tuberkulosekranken? Drei Tote? Was erzählen Sie mir da, Oberleutnant?

Der Lokführer will sprechen: Ich kann das erklären. Aber der Major bringt ihn mit einer energischen Geste zum Schweigen.

Wir sind vor nun schon achtundvierzig Stunden aus Coruña abgefahren. Ein Sondertransport. Wir transportieren Häftlinge, kranke Häftlinge. Tuberkulosekranke. Wir müßten längst in Madrid sein. Aber da muß es irgendein Versehen gegeben haben. In León hat man uns freie Fahrt gegeben, aber mit einer Umleitung nach Norden. Mehrere Stunden. Als wir das merkten, sind wir zurückgefahren. Aber das war nicht so einfach, Herr Major. Seitdem stehen wir auf einem Abstellgleis. Man hat uns gesagt, es gebe noch andere Sonderzüge.

Es gibt sie, Oberleutnant. Sie müßten das wissen, sagte der Major spöttisch. Man ist dabei, die Nordwestküste zu verstärken. Oder haben Sie nichts vom zweiten Weltkrieg gehört?

Er rief den Fahrleiter.

Was ist mit einem Zug voll Tuberkulosekranker?

Ein Zug mit Tuberkulosekranken? Dem haben wir gestern freie Fahrt gegeben.

Es gab ein Versehen, wollte der Oberleutnant erneut erklären. Aber er bemerkte, daß sich der Major mit weit aufgerissenen Augen den Gleisen zuwandte.

Schwankend, mit ungelenken, schleppenden Schritten wegen des Schnees, kam eine Gruppe mit einem Mann auf einer Tragbahre auf sie zu. Schon bevor sein Verstand ihm bestätigte, was er sah, ahnte er, was da vor sich ging. An der Spitze lief dieser verfluchte Doktor, flankiert von zwei Gendarmen. Während sie sich näherten, verband Oberleutnant Goyanes diese langsame Szene mit anderen noch frischen Bildern. Die innige Umarmung auf dem Bahnhof, die er mit der Schere der Hände getrennt hatte, verstört durch diesen endlosen Kuß, der die Fundamente der Wirklichkeit ins Wanken geraten ließ. Das spätere Gespräch im Zug, ein verfehltes Annäherungsmanöver.

Jemand mußte Sie beide ja trennen. Klar, wenn es nach Ihnen gegangen wäre, hätten wir noch nachts da gestanden. Ts ts. War das Ihre Frau? Sie sind ein Glückspilz.

Ihm wurde klar, daß alles, was er sagte, von verletzender Doppeldeutigkeit war. Doktor Da Barca antwortete ihm nicht, als hörte er nur das Rattern des Zuges, das ihn von der warmen, noch gegenwärtigen Umarmung der Frau entfernte. Der Oberleutnant hatte ihm einen Platz in seinem Waggon angewiesen. Schließlich und endlich war auch er verantwortlich für die Expedition. Es gab Dinge, die man besprechen mußte.

Nach dem großen Tunnel, der den Horizont der Stadt ausgelöscht hatte, fuhr der Zug in das grünblaue Aquarell der Ría von Burgo hinein. Doktor Da Barca zwinkerte, als schmerzte ihn die Schönheit in den Augen. Von den flachen Booten aus harkten die Muschelsucher mit langen Rechen den Meeresgrund ab. Einer von ihnen ließ von der Arbeit ab und schaute dem Zug nach, mit der Hand die Augen schirmend, aufrecht auf dem Gewoge des Meeres. Doktor Da Barca mußte an seinen Freund, den Maler, denken. Er malte gerne Arbeitsszenen auf dem Feld oder auf dem Meer, aber nicht im Stil der Folklore, zu bukolischen Genrebildern verklärt. Auf den Gemälden seines Freundes, des Malers, schienen sich die Menschen mimetisch der Erde und dem Meer anzupassen. Die Gesichter sahen aus, als hätte der gleiche Pflug sie durchfurcht, der auch die Erde aufwarf. Die Fischer waren in den gleichen Netzen gefangen, die die Fische fingen. Bis die Körper in Fragmente zerfielen. Sichelarme. Meeraugen. Gesichtssteine. Doktor Da Barca empfand Sympathie für den Muschelsucher, der aufrecht im Boot stand und dem Zug nachschaute. Vielleicht fragte er sich, wohin er fuhr und was er transportierte. Durch die Entfernung und das Rattern der Lok konnte er bestimmt nicht die schreckliche Litanei der Hustenanfälle hören, die im Schmutz der Viehwaggons wie Trommeln mit blutgetränktem Fell tönten. Angesichts der Landschaft kam ihm eine Fabel in den Sinn: Der Kormoran, der den Muschelsucher überflog, war dabei, mit seinem Krächzen die Wahrheit des Zuges weiterzutelegrafieren. Er erinnerte sich an die Bitterkeit seines Freundes, des Malers, als er die avantgardistischen Kunstzeitschriften nicht mehr erhielt, die man ihm aus Deutschland schickte: Die schlimmste Krankheit, die man bekommen kann, ist die des aussetzenden Bewußtseins. Doktor Da Barca öffnete den Arztkoffer und holte eine Broschüre mit abgenutztem Einband heraus, *Biologische Grundlagen des ästhetischen Gefühls*, von Doktor Roberto Nóvoa Santos.

Oberleutnant Goyanes nahm ihm gegenüber Platz.

Er warf einen verstohlenen Blick auf den Einband des Büchleins. Dieser Doktor Da Barca, schätzte er, dürfte ein wenig älter sein als er, aber nicht viel. Nach dem Vorfall bei der Abfahrt, als man ihn informiert hatte, daß er der Arzt sei, hatte er eine kameradschaftliche Haltung angenommen, wenn auch mit der Überlegenheit des Expeditionsleiters. Jetzt unterbrach er bedenkenlos die Lektüre seines Gegenübers und erzählte, auch er sei auf der Universität gewesen und habe einige Semester Philosophie studiert, bevor er sich als provisorischer Fähnrich der Armee Francos angeschlossen habe. Danach habe er sich für die militärische Laufbahn entschieden. Die Philosophie! rief er mit ironischem Unterton aus. Auch ich habe mich angezogen gefühlt von Marx und all diesen Propheten der gesellschaftlichen Erlösung. Wie der Duce Mussolini. Er war Sozialist, wissen Sie? Ja, natürlich wissen Sie das. Bis zu dem gesegneten Tag, an dem der kriegerische Philosoph erschien. Der Totengräber der Gegenwart. Er befreite mich von der Herde der Sklaven.

Doktor Da Barca las weiter, ihn bewußt ignorierend, aber er wußte, wie man ihn zum Sprechen bringen konnte.

Ich hörte also auf, mich um die Affen zu kümmern, um mich für die Götter zu interessieren.

Er hatte ins Schwarze getroffen. Der Doktor ließ endlich von dem Buch ab und schaute ihn an:

Wer hätte das gedacht, Herr Oberleutnant.

Er brach in lautes Lachen aus und klopfte ihm mit der Hand auf die Knie.

So ist es recht, sagte er, während er aufstand, ein Roter mit Schneid. Kümmern Sie sich weiter um die Affen.

Er würde keine Gelegenheit mehr zum Scherzen haben. Die Dinge begannen verquer zu laufen, als führte der Teufel den Zug. In Monforte traf der geplante Essensnachschub für die Häftlinge nicht ein. Dann kam diese Tortur in den Schneebergen. Der Arzt ging ohne Pause von Waggon zu Waggon. Das letzte Mal hatte ich ihn gesehen, als er im Schein einer Kerze auf dem Boden kniete und das dunkle, geronnene Blut zwischen den Bartstoppeln des ersten Toten abwischte.

Der Doktor hatte jetzt von Schneeflocken gekraustes Haar. Einer der Gendarmen trat vor, um eine Erklärung abzugeben. Er hat uns gesagt, es sei ein Fall von Leben und Tod, Sie hätten ihm die Erlaubnis gegeben. Vor dem Major, auf dem windgepeitschten Bahnsteig, fühlte sich Oberleutnant Goyanes genötigt, seine Autorität unter Beweis zu stellen. Er entriß dem Gendarmen plötzlich das Gewehr und warf Doktor Da Barca mit einem Kolbenhieb zu Boden.

Sie hatten meine Erlaubnis nicht!

Auf dem Boden liegend, fährt der Doktor mit dem Handrücken über die Wunde. Er blutet an der Stelle des Schlags, an der Wange. Ruhig nimmt er eine Handvoll Schnee und legt ihn wie einen Balsam auf. Ölbild mit Blut und Schnee, sagte der Maler in Herbals Kopf. Das Salböl der Geschichte. Warum hilfst du ihm nicht, aufzustehen?

Du bist verrückt, murmelt der Gendarm.

Hilf ihm, siehst du denn nicht, daß er das alles tut, um uns aus dieser verdammten Klemme zu befreien?

Herbal zögert. Plötzlich tritt er vor und reicht dem Verletzten eine Hand, damit er aufstehen kann.

Er reagierte sehr überrascht, erzählte er Maria da Visitação. Vielleicht erinnerte er sich an den Tag der Verhaftung, als ich ihn zu Boden schlug. Aber dann erwiderte er den Hieb des Oberleutnants mit einem schneidenden Blick. Darin war er überlegen. Er machte den anderen klein.

Der Husten. Der Fahrleiter wandte sich dem Kranken auf der Bahre zu, als ertönte die Klingel des Kurbeltelefons.

Der Major, der den Oberleutnant zur Seite schiebt: Was zum Teufel ist hier eigentlich los?

Dieser Mann ist kurz vor einer dramatischen Hämoptysis, sagt Doktor Da Barca zu ihm. Er kann jeden Augenblick an seinem Blut ersticken. Es sind schon drei gestorben.

Und was wollen Sie hier mit ihm? Ich weiß, was das ist, Tuberkulose. Wenn er im Sterben liegt, muß er eben sterben. Das nächste Krankenhaus ist weiß Gott wo.

Man kann nur eines tun. Und zwar sofort. Ich brauche ein Zimmer mit ausreichend Licht, einen Tisch und kochendes Wasser.

Der Tisch des Fahrleiters hatte eine Glasplatte über dem Holz. Das Glas bedeckte eine Karte des spanischen Eisenbahnnetzes. Sie breiteten eine Decke darauf und legten den Kranken hin. Im Topf des Kochers begann das Wasser mit der Spritze zu kochen. Das brodelnde Geräusch glich dem, das der Kranke beim Atmen machte. Während Herbal den Vorbereitungen zu dieser groben Operation beiwohnte, versuchte er, seiner eigenen Brust zuzuhören. Das Kitzeln des Meeres am sandigen Schwamm. Er drückte den Speichel gegen den Gaumen, um zu probieren, ob er den süßen Geschmack des Blutes spürte. Nur der Maler kannte seine Angst, das

Geheimnis der verborgenen Krankheit. Er belauerte die Symptome der anderen. Hinter einer Fassade aus Gleichgültigkeit registrierte er jeden ärztlichen Kommentar über die Brustkrankheit. Er lernte mit jedem Zeichen seines Körpers.

Die kranke Generation! Die besten der galicischen Künstler starben jung, an Tuberkulose, hatte der Maler ihm gesagt. Der Sensenmann ist sehr kunstliebend in Galicien, Herbal. Wenn du sie hast, dann hast du eine berühmte Krankheit. Und sie waren sehr attraktiv, besaßen die Schönheit der Melancholie. Die Frauen waren verrückt nach ihnen.

Mensch, vielen Dank! Das ist ein Trost.

Das ist nicht auf dich gemünzt, Herbal.

Jetzt wandte er seine Aufmerksamkeit dem Kranken zu, der auf dem Tisch des Fahrleiters ausgestreckt lag. Es war ein sehr junger Bursche, fast bartlos. Aber seine Augen waren wie von altem Moos getrübt. Er kannte seine Geschichte. Er hieß Seán. Deserteur. Er war drei Jahre lang in den Bergen von Pindo umhergeirrt, hatte wie ein Felsentier gelebt. Es gab Dutzende von Männern in diesen Höhlen. Bei ihren Treibjagden gelang es den Gendarmen nie, sie zu finden. Bis sie den Signalkodex entdeckten. Die Wäscherinnen waren ihre Komplizen, sie schrieben mit den Farben ihrer Wäsche Botschaften auf das Gesträuch.

Was werden Sie machen? fragte ihn der Major.

Einen Pneumothorax, sagte Doktor Da Barca, einen Pneumothorax auf die brutale Tour. Es geht darum, daß Luft in die Brust kommt, damit die Lunge zusammengedrückt wird und die Blutung aufhört.

Und dann zog er die Spritze auf, schaute Seán gelassen

an und zwinkerte ihm zum Zeichen der Ermunterung zu.

Das schaffen wir, was, mein Freund? Nur ein Stich zwischen die Rippen.

So. Nur ein Stich. Stich einer Biene in die Brust des Wolfs.

Aber dann schweigt der Arzt. Er sticht ganz langsam ein. So konzentriert, daß er mit den Augen die Brust zu röntgen, dem präzisen Weg der Nadel zu folgen scheint. Herbal ist einer von denen, die den Kranken am Handgelenk festhalten. Dieser ballt die Fäuste, schlägt die Fingernägel in die eigene Handfläche. Der Arzt verharrt ruhig, mit der eingestochenen Nadel, aufmerksam dem Blasebalg der Brust folgend. Auf dem Tisch des Fahrleiters, in den Höhlungen des Mannes, das Geräusch quellenden Wassers, das Organ des Windes.

Der Zug fuhr noch am gleichen Nachmittag ab, erzählte Herbal Maria da Visitação. Auf allen Bahnhöfen bekam er sofort freie Durchfahrt. Der im Schnee verlorene Zug war jetzt ein Gespensterzug. Niemand näherte sich bei den kurzen Haltepausen. Einige von uns stiegen aus, um den Nahrungsmittelnachschub zu besorgen. Wir kamen mit leeren Händen zurück. Alle Bahnhöfe rochen nach Hunger, sagte Herbal, während er seinen Raumspray auf dem Tisch anschaute. Aber an etwas kann ich mich erinnern. In Medina del Campo klopfte ein Mann ans Fenster und grüßte Da Barca. Dann verschwand er, und als der Zug schon anfuhr, kam er mit einem Sack Kastanien zurück. Ich packte ihn fast im Fluge, an der Tür des Waggons. Er rief: Sie sind für den Doktor! Es war ein großer Mann, der schnaufte. Dschingis Khan. Zwischen den Kastanien eine Brieftasche. Er muß sie hier geklaut haben, im Bahnhof, dachte ich. Ich wollte sie erst behalten. Am Ende nahm ich die Hälfte der Scheine und gab den Sack dem Doktor.

Und was ist aus diesem Jungen geworden, dem Deserteur? fragte drängend Maria da Visitação.

Er ist in Porta Coeli gestorben. Ja, er ist in dem Sanatorium gestorben, das Himmelspforte hieß.

18

Doktor Da Barca war dabei, einen Liebesbrief zu schreiben. Deshalb strich er vieles wieder durch. Er fand, daß die Sprache für diesen Zweck von großer Armut sei, und bedauerte, daß er nicht die Schamlosigkeit eines Dichters besaß. Er hatte sie, wenn es um andere Häftlinge ging. Ein Teil seiner Therapie bestand darin, sie zu ermuntern, sich an ihre Liebsten zu erinnern und ihnen ein paar Worte auf dem Postweg zu schicken. Und er lieh seine Hand, um gutgelaunt einige dieser Briefe zu schreiben. Sie heißt Isoline, Doktor. Isoline? Isoline … *Geruch nach grüner Zitrone und Mandarine*. Wie findest du das?

Das wird ihr gefallen, Doktor. Sie ist sehr natürlich.

Aber wenn es um ihn ging, dann fühlte er, daß tatsächlich alle Liebesbriefe lächerlich sind. Manchmal staunte er darüber, was ein Kranker ungekünstelt sagen konnte. Doktor, schreiben Sie ihr, daß sie sich keine Sorgen machen soll. Daß ich, solange sie lebt, nie sterben werde. Daß ich durch ihren Mund atmen werde, wenn mir die Luft ausgeht.

Und ein anderer: Schreiben Sie, daß ich zurückkommen werde. Daß ich zurückkommen werde, um alle undichten Stellen im Dach zu reparieren.

Er strich erneut die Anrede aus. Der heutige Brief mußte etwas ganz Besonderes sein. Schließlich schrieb er: Meine Frau. In diesem Augenblick hörte er, wie an die Zimmertür geklopft wurde. Es war schon spät für die Routine des Gefängnissanatoriums, nach elf Uhr nachts. Vielleicht war es ein Notfall. Er öffnete die Tür, bereit, seinen Mißmut zu verbergen. Mutter Izarne. Ein anderes Mal hätte er einen Scherz über ihre weiße Mercedariertracht gemacht, ah!, ich dachte, Sie seien das Ektoplasma einer Weißbrotkrume!, aber dieses Mal hatte er ein Gefühl von Unwirklichkeit, das ihn eine an Scham grenzende Verwirrung empfinden ließ. Die Nonne lächelte ein vielsagendes, weibliches Lächeln. Plötzlich, ohne einen Gruß, holte sie unter dem Rock eine Flasche Kognak hervor.

Für Sie, Doktor. Für die Hochzeitsnacht!

Und sie eilte auf dem Gang davon, als würde sie vor der fröhlichen Kühnheit fliehen, eine Aura leuchtender Augen zurücklassend.

Blaugraugrün. Leicht geschlitzte Augen, mit einer halbmondförmigen Hautfalte auf den Lidern.

Wie die Augen Marisas. Gott existiert nicht, dachte Da Barca, aber die Vorsehung schon.

Sie selbst war es gewesen, Mutter Izarne, die ihm am Nachmittag freudig das Telegramm gebracht hatte, in dem die Hochzeitszeremonie bestätigt wurde. An jenem Morgen hatte Marisa ihr Jawort in der Kirche in Fronteira gegeben. Er wußte die Uhrzeit. In Porta Coeli, tausend Kilometer entfernt, begleitete der Doktor die Kranken auf dem morgendlichen Spaziergang. Er trug ein weißes Hemd und den alten Anzug für festliche Anlässe. Zwischen Pinien und Olivenbäumen schloß er die Augen und sagte: Ja, ja, natürlich ja.

He, Leute! Der Doktor träumt mit offenen Augen!

Meine Freunde: Ich habe euch etwas mitzuteilen. Ich habe soeben geheiratet!

Die anderen wußten schon Bescheid, erzählte Herbal Maria da Visitação, denn sie umringten ihn und riefen: Herzlichen Glückwunsch, Da Barca! Sie hatten Händevoll Ginsterblüten in den Hosentaschen, die sie auf dem Weg gepflückt hatten, und überschütteten ihn mit diesem Gold der Berge. Sie hatten sich ferntrauen lassen. Weißt du, wie das geht? Der Bruder von ihr, Fernando, nahm in der Kirche den Platz des Bräutigams ein. Der Doktor mußte ein Schriftstück vor dem Notar unterschreiben. Bei alldem half ihm die Oberin, Mutter Izarne, die sogar als Zeugin unterschrieb. Sie nahm soviel Anteil an dem Ganzen, als wäre sie es, die heiratete.

Du warst eifersüchtig, was? sagte lächelnd Maria da Visitação.

Sie war eine sehr hübsche Nonne, sagte Herbal. Und sehr klug. Es stimmt, daß sie Marisa ähnlich sah. Sie hatte etwas von ihr. Aber sie war eine Nonne, natürlich. Mich haßte sie. Ich weiß nicht, warum sie mich so sehr haßte. Schließlich war ich ein Aufseher und sie die Oberin der Nonnen, die das Gefängniskrankenhaus führten. Ich dachte, wir säßen im gleichen Boot.

Herbal sah aus dem offenen Fenster, als suchte er das ferne, blinkende Licht der Erinnerung. Es dämmerte, und man konnte schon die Scheinwerfer der Autos auf der Straße nach Fronteira erkennen.

Eines Tages erwischte sie mich, wie ich die Briefe der Häftlinge öffnete. Ich interessierte mich natürlich vor allem für die Briefe, die an Doktor Da Barca gerichtet waren. Die las ich mit großer Aufmerksamkeit.

Um ihn zu denunzieren? fragte Maria da Visitação.

Wenn ich irgend etwas Merkwürdiges fand, ja. Ich mußte einen Bericht machen. Mir war besonders der Briefwechsel aufgefallen, den er mit einem Freund, einem gewissen Souto, führte und bei dem nur von Fußball die Rede war. Sein Idol war Chacho, ein Spieler des

Sportklubs Coruña. Mir kam sie seltsam vor, diese Fußballeidenschaft des Doktors, von dem ich nie erregte Worte über das runde Leder gehört hatte. Aber in seinen Briefen, denn die las ich auch, da die Kontrolle in beide Richtungen ging, sagte er so treffende Sachen wie, man müsse den Ball weitergeben, als hinge er an einem Faden, oder daß es der Ball war, der zirkulieren mußte, dafür sei er rund, und nicht der Spieler. Mir gefiel Chacho auch, deshalb ließ ich die Briefe passieren, ohne weiter darüber nachzudenken. In Wirklichkeit interessierten mich am meisten die von Marisa. Ich sprach mit dem verstorbenen Maler über sie. Besonders gefiel ihm einer, in dem ein Liebesgedicht stand, das von Amseln sprach. Ich hielt ihn eine Woche zurück. Ich trug ihn in der Tasche, um ihn wieder zu lesen. Mir schrieb niemand ...

Jedenfalls kam diese Mutter Izarne eines Tages in das Büro am Eingang und überraschte mich, wie ich vertrauensvoll vor einem Tisch saß, auf dem ein Haufen geöffneter Briefumschläge lag. Ich machte weiter, als wäre nichts. Ich ging davon aus, daß sie informiert war über die Kontrolle der Briefe. Aber sie geriet völlig außer sich. Ich sagte ein wenig nervös zu ihr: Nur ruhig, Mutter, das ist eine offizielle Formalität. Und schreien Sie nicht so, alle Welt kann Sie hören. Und sie sagte, noch empörter: Lassen Sie Ihre schmutzigen Hände von diesem Brief! Und sie entwand ihn mir, so unglücklich, daß sie ihn zerriß.

Sie sah auf die Anrede. Es war der Brief von Marisa Mallo an Doktor Da Barca, der mit dem Liebesgedicht, das von den Amseln sprach.

Ihr zitterten die Papierstücke in der Hand. Aber sie las weiter.

Ich sagte zu ihr:

Es ist nicht von Belang, Mutter. Es steht nichts über Politik drin.

Sie sagte zu mir:

Schwein.

Schwein mit Dreispitz.

Seit unserer Ankunft war es mir gutgegangen. Verglichen mit dem Klima in Galicien, war das in Porta Coeli ein einziger langer Frühling. Aber bei diesem unerwarteten Zusammenstoß mit der Nonne fühlte ich erneut diesen verdammten Aufruhr in der Brust, die Atemnot, die sich ankündigte.

Sie muß bemerkt haben, wie der Schrecken in meine Augen trat. Jede dieser Nonnen war eine ganze Krankenversicherung wert. Sie sagte:

Sie sind krank.

Bei allem, was Ihnen lieb ist, Mutter, sagen Sie das nicht. Das sind nur die Nerven. Die Nerven, die mir zu Kopf steigen.

Das ist auch eine Krankheit, sagte sie. Man heilt sie durch Gebete.

Ich bete ja. Aber es hilft nichts.

Dann fahren Sie zur Hölle!

Sie war sehr klug. Sie war sehr jähzornig. Sie ging mit dem zerrissenen Brief fort.

Ich erzählte den Vorfall einem Polizeiinspektor, einem gewissen Arias, der ab und zu von Valencia heraufkam, natürlich ohne die Sache mit meiner Gesundheit zu erwähnen. Komm nie einer Nonne in die Quere, sagte er lachend, oder du kannst sicher sein, daß du in der Hölle landest.

Inspektor Arias, mit seinem kleinen gestutzten Schnurrbart, war ein Mann der Theorie. Er sagte:

In Spanien wird es nie eine perfekte Diktatur geben, wie die von Hitler, die wie ein Uhrwerk funktioniert. Und wissen Sie, warum, Korporal? Wegen der Frauen. Die Frauen in Spanien sind halb Huren, halb Nonnen. Tut mir leid für dich. Ich habe den ersten Teil abbekommen.

Hahaha.

Ein alter Kasernenwitz.

Ich kenne Geschichten, aber im Witzeerzählen bin ich sehr schlecht, sagte ich.

Es war einmal ein Hund, der hieß Witz. Der Hund starb, und es war aus mit dem Witz.

Hahaha. Was für ein Blödsinn, Galicier!

Die Hölle. Man komme nie einer Nonne in die Quere. Herbal nutzte die Gelegenheit, um dem Inspektor zu sagen, er würde das mit den Briefen lieber nicht mehr machen

Keine Sorge, sagte der andere. Wir werden sie über das Revier laufen lassen.

Glaubst du, daß er ihr gefiel? fragte Maria da Visitação ohne Umschweife.

Er hatte was, das habe ich schon gesagt. Für Frauen war er wie ein Dudelsackspieler.

Niemand wußte genau, wann Doktor Da Barca eigentlich schlief. Bei seinen Nachtwachen hatte er immer ein Buch in der Hand. Manchmal sank er vor Erschöpfung im Krankengebäude in sich zusammen oder blieb draußen liegen, das aufgeschlagene Buch auf der Brust. Sie begann, ihm Bücher zu leihen, über die sie dann später sprachen. Die Gespräche dauerten länger bei gutem Wetter, am Abend, wenn die Kranken nach draußen gingen, um in der Kühle frische Luft zu schöpfen.

Unter dem Mond gingen sie den Weg zum Pinienwald auf und ab.

Was Herbal nicht wußte, war, daß die Nonne Izarne auch Doktor Da Barca einmal zur Hölle geschickt hatte. Es geschah im Frühjahr nach seiner Ankunft in Porta Coeli und wegen der heiligen Theresa.

Sie enttäuschen mich, Doktor. Ich wußte, daß Sie nicht religiös sind, aber ich hielt Sie für einen sensiblen Menschen.

Sensibel? Im *Buch des Lebens* sagt sie: Mir tat das Herz weh. Und es stimmte, ihr tat das Herz weh, ihr tat dieses Eingeweide weh. Sie hatte Angina pectoris und erlitt einen Infarkt. Doktor Nóvoa Santos, der Meister-Pathologe, ging nach Alba, wo der Reliquienschrein aufbewahrt wird, und nahm das Herz der Heiligen in Augenschein. Er war ein ehrlicher Mann, glauben Sie mir. Denn er kommt zu dem Schluß, daß das, was man für eine Wunde hält, für die Spur des Engelpfeils, nichts anderes ist als der *sulcus atrioauricular* oder die Furche, die die Vorkammern vom Vorhof trennt. Aber er findet auch eine Narbe, wie sie typisch ist für eine sklerotische Verhärtung, die auf einen Infarkt hinweist. Das klinische Auge, so unterstreicht Nóvoa, vermag ein Gedicht nicht zu erklären, aber ein Gedicht kann sehr wohl von dem sprechen, was dem klinischen Auge entgeht. Und dieses Gedicht: *Ich lebe, ohne in mir zu leben, und so hohes Leben ich erhoffen werde, daß ich sterbe, weil ich nicht sterbe*. Ich sterbe, weil ich nicht sterbe! Dieses Gedicht …

… ist wunderschön!

Ja. Und auch ein Wunder an Diagnose.

Das ist eine Grobheit, Doktor. Wir sprechen von Dichtung, von erhabenen Versen, und Sie, Sie erzählen mir etwas von Eingeweiden wie ein Gerichtsmediziner.

Tut mir leid, ich bin Pathologe.

Genau, pathologisch.

Hören Sie, Izarne. Mutter Izarne. Diese Verse sind außergewöhnlich. Kein Pathologe könnte eine Krankheit so beschreiben. Sie verwandelt diese Schwäche, den vorübergehenden Tod infolge der Angst, in einen Ausdruck von Kultur oder, wenn es Ihnen lieber ist, von Geist. Ein Seufzer, der zum Gedicht wird.

Für Sie ist ›ich sterbe, weil ich nicht sterbe‹ weiter nichts als ein Seufzer?

Ja. Ein, sagen wir, sehr qualifizierter Seufzer.

Heilige Jungfrau! Sie sind so kalt, so zynisch, so …

So was?

So hochmütig. Sie erkennen Gott nicht aus reinem Hochmut.

Im Gegenteil. Aus reiner Bescheidenheit. Wenn die heilige Theresa und die Mystiker sich wirklich an Gott wenden, dann mit einer solchen Arroganz, daß sie in den Bereich des Pathologischen gehört. *Gott als meinen Gefangenen sehen!* Ehrlich gesagt, mir ist der Gott des Alten Testaments lieber. Hoch in seiner Höhe, wo er die Gestirne dirigiert, wie jemand, der Regie bei einem Hollywoodfilm führt. Ich stelle mir lieber vor, daß der Gott der heiligen Theresa wirklich verkörpert war, ein verirrtes menschliches Wesen, das nichts wußte von der Sehnsucht der Heiligen. *Welch bittres Leben, in dem man nicht des Herrn genießt!* Warum nicht denken, daß sie unglücklich verliebt war? Außerdem war sie Enkelin und Tochter konvertierter Juden. Sie mußte stärker simulieren. Deshalb spricht sie vom Gefängnis und von den Fesseln der Seele. Sie drückt die Angst aus, ihre physische Schwäche, aber auch die Unmöglichkeit einer wirklichen Liebe. Einige ihrer Beichtväter waren intelligent, sehr attraktiv …

Ich gehe. Es erfüllt mich mit Ekel, was Sie sagen.

Warum? Ich glaube an die Seele, Mutter Izarne.

Sie glauben an die Seele? Sie sprechen aber von ihr, als wäre sie ein Sekret …

Das nicht gerade. Wir könnten die Behauptung wagen, daß das materielle Substrat der Seele die Zellenenzyme sind.

Sie sind ein Monstrum, ein Monstrum, das sich für einfühlsam hält.

Die heilige Theresa vergleicht die Seele mit einer mittelalterlichen Burg, *ganz aus Diamant gefertigt vom göttlichen Glaser*. Warum Diamant? Wenn ich Dichter wäre, wenn jemand mir diese Gabe schenkte, würde ich von einer Schneeflocke sprechen. Es gibt nicht zwei, die sich gleichen. Und sie vergehen in ihrer Existenz, im Schein der Sonne, als würden sie sagen: Wie langweilig, die Unsterblichkeit! Leib und Seele sind miteinander verbunden. Wie die Musik mit dem Instrument. Die Ungerechtigkeit mit ihrem Gefolge sozialen Leids ist im Grunde die schrecklichste Maschinerie zur Zerstörung der Seelen.

Warum, glauben Sie, bin ich hier? Ich bin keine Mystikerin. Ich kämpfe gegen das Leid, das Leid, das Sie alle, die Helden der einen und der anderen Seite, den einfachen Leuten zufügen.

Auch da irren Sie sich. Ich werde ausgelöscht. Mein Name wird in keinem Heiligenverzeichnis stehen. Wie die Nazi-Ärzte sagen: ich gehöre in das Lager unwerten Lebens, des Lebens, das gelebt zu werden sich nicht lohnt. Mir wird nicht einmal die erleichternde Gewißheit zuteil, daß ich, wie Sie, zur Rechten Gottes sitzen werde. Aber ich werde Ihnen etwas sagen, Mutter Izarne: Wenn Gott existiert, dann ist er ein schizoides Wesen, eine Art Doktor Jekyll und Mister Hyde. Und Sie gehören zu seiner guten Seite.

Mir sträuben sich die Haare.

Ich weiß nicht einmal, welche Farbe es hat.

Mutter Izarne nahm sich die weiße Haube ab und schüttelte den Kopf, damit die roten Haarsträhnen frei herabfallen konnten.

Jetzt wissen Sie es. Und fahren Sie zur Hölle!

Es würde mir nichts ausmachen, dort einen Stern zu finden.

Glaubst du, daß es Lebewesen auf anderen Planeten gibt? fragte Herbal plötzlich Maria da Visitação.

Ich weiß nicht, sagte sie mit einem Lächeln. Ich bin nicht von hier. Ich habe keine Papiere.

Die Nonne und Doktor da Barca, erzählte Herbal, sprachen viel über den Himmel. Nicht über den Himmel der Heiligen, sondern über den Himmel der Sterne. Nach dem Abendessen, wenn die Kranken sich im Freien hinlegten, wetteiferten sie beide im Erkennen der Sternbilder. Anscheinend hatte man vor vielen Jahren einen Gelehrten verbrannt, weil er gesagt hatte, daß es Leben auf anderen Planeten gebe. Früher fackelte man da nicht lange. Sie beide glaubten, daß es Menschen dort oben gab. Darin waren sie sich einig. Sie glaubten, das wäre etwas ganz Großes für die Welt. Ich glaube das nicht. Noch mehr Leute, um das Erbe zu verteilen. Dafür, daß sie studiert hatten, waren sie ein bißchen verrückt. Aber ich fand es lustig, ihnen zuzuhören. Wirklich, wenn man lange Zeit den Himmel anschaut, dann bevölkert er sich mit mehr und mehr Sternen. Es soll ja welche geben, die wir sehen, die aber nicht mehr existieren. Das Licht braucht so lange, daß sie schon erloschen sind, wenn es einen erreicht. So was! Sehen, was nicht mehr existiert.

Vielleicht ist ja alles so.

Aber was passierte weiter? fragte Maria da Visitação ungeduldig.

Sie kamen ihm auf die Schliche, und aus war es mit dem Krankenhaus. Mir hat das die Tour vermasselt. Das Klima bekam mir gut, und man lebte nicht schlecht dort. Ich war ein Aufpasser, der nicht aufpaßte. Niemand würde fliehen. Wozu? Ganz Spanien war ein Gefängnis. Das war die reine Wahrheit. Hitler hatte ganz Europa erobert und gewann sämtliche Schlachten. Die Roten konnten nirgendwohin gehen. Wer würde sich von der Stelle rühren? Nur ein paar Verrückte. Wie Doktor Da Barca.

Wir waren seit etwas mehr als einem Jahr in dem Krankenhaus. Eines Tages kam Inspektor Arias mit noch ein paar Polizisten. Sie waren sehr ernst. Sie sagten zu mir: Bringen Sie uns diesen Arzt her. Ich wußte natürlich, von wem sie sprachen. Ich stellte mich dumm: Welchen Arzt? Los, Korporal, bringen Sie uns diesen Daniel Da Barca.

Er kam gerade von der Visite bei den Kranken im Hauptgebäude. Er besprach die Neuigkeiten mit den

Krankenschwestern, unter denen auch Mutter Izarne war.

Doktor Da Barca, Sie müssen mit mir kommen. Man fragt nach Ihnen.

Die weiße Schar wechselte schweigend Blicke.

Wer ist es? fragte er. Die Einheizer?

Nein, sagte ich. Die Kleinholzmacher.

Es war das erste Mal, daß mir spontan ein Witz von den Lippen kam. Der Doktor schien mir dankbar dafür zu sein. Was ihn betraf, war es das erste Mal, daß er sich an mich wandte, ohne eine Miene aufzusetzen, die besagte, daß es sich um einen vergeblichen Aufwand handelte. Aber Mutter Izarne schaute mich entsetzt an.

Hallo, Chacho, sagte Inspektor Arias, als er vor ihn trat. Wie läuft's auf der Linken?

Der Doktor bewahrte Haltung. Er parierte gelassen: In dieser Saison bin ich aus dem Spiel.

Der Inspektor warf die erst halbgerauchte Zigarette fort und trat sie langsam auf dem Boden aus, als wäre es der abgetrennte Schwanz einer Eidechse.

Das werden wir auf dem Revier sehen. Wir haben gute Traumatologen.

Er faßte Doktor Da Barca am Arm. Es war nicht nötig, ihn vorwärtszustoßen. Er ließ sich zum Auto führen.

Ich glaube, jemand sollte mir erklären, was hier vorgeht, sagte Mutter Izarne, an den Inspektor gewandt.

Er ist eine wichtige Person, Mutter. Ein Orchesterdirigent.

Dieser Mann gehört mir! rief sie mit blitzenden Augen. Er gehört zum Sanatorium. Er ist hier interniert!

Kümmern Sie sich um Ihr Reich, Mutter, sagte Inspektor Arias kalt und ohne stehenzubleiben. Die Hölle ist unsere Sache.

Man hörte noch den leisen Kommentar eines der begleitenden Polizisten:

Donnerwetter, diese Nonne! Sie hat Charakter.

Mehr als der Papst, sagte der Inspektor mit verärgerter Stimme. Fahr verdammt noch mal endlich los!

Ich hatte noch nie zuvor eine Nonne weinen sehen, erzählte Herbal Maria da Visitação. Ein sehr merkwürdiges Gefühl. Als würde eine Heiligenstatue aus Nußholz weinen.

Keine Sorge, Mutter! Doktor Da Barca fällt immer auf die Füße.

Um die Wahrheit zu sagen, ich war nicht gerade ein Experte im Trösten von Leuten. Sie schickte mich zum zweiten Mal zur Hölle.

Sie brachten ihn nach drei Tagen zurück, genug, um schmaler wiederzukommen. Anscheinend, erzählte einer der Gendarmen, die ihn begleiteten, Herbal, war die Polizei schon eine ganze Weile hinter diesem Chacho her, ohne sich denken zu können, daß er aus dem Käfig heraus sang. Er war eine Legende im Widerstand. Die Spielerkombinationen, die er in seinen Briefen vorschlug, die Kommentare zu Spieltaktiken waren in Wirklichkeit chiffrierte Informationen für die Untergrundorganisation. Seit seinen Zeiten als führender republikanischer Politiker und seinem Aufenthalt im Gefängnis war Da Barca ein lebendes Archiv. Er hatte alles im Kopf. Seine Texte, mit Zeugnissen zur Repression, wurden in der englischen und auch in der amerikanischen Presse veröffentlicht. Sie würden ihm abermals den Prozeß machen.

Aber er hat doch schon lebenslänglich!

Dann bekommt er es eben noch einmal. Für den Fall, daß er wiederaufersteht.

Vermutlich hatten sie ihm schlimm zugesetzt, sagte Herbal zu Maria da Visitação, aber der Doktor äußerte sich nicht über seinen Aufenthalt auf dem Revier, nicht einmal, als Mutter Izarne zu ihm kam und sein Gesicht auf der Suche nach den Spuren der Folter ausforschte. Er hatte einen Bluterguß am Hals, unter dem Ohr. Die Nonne fuhr mit den Fingerkuppen darüber, aber dann zog sie sofort die Hand zurück, als hätte sie einen elektrischen Schlag erhalten.

Danke für Ihr Interesse, Mutter. Sie schicken mich in ein anderes Hotel, das feuchter ist als das hier. Nach Galicien. Auf die Insel San Simón.

Sie wandte den Blick zum Fenster. Man sah den Waldweg, den goldenen Hintergrund des Ginsters. Aber dann reagierte sie mit einem Novizinnenlächeln.

Sehen Sie? Gott verschließt eine Tür und öffnet eine andere. So können Sie nah bei ihr sein.

Ja. Das ist gut.

Wenn Sie können, dann grüßen Sie sie herzlich von mir. Vergessen Sie nicht, daß auch ich Sie beide getraut habe.

Das werde ich tun. Sehr herzlich.

19

Daniel da Barca ließ einen raschen Blick über die Reihen der Fenster wandern, auf der Suche nach dem Taubenglanz einer Nonnenhaube. Aber er fand ihn nicht. Er hatte sich von jedem einzelnen der inhaftierten Kranken verabschiedet. Am Ausgang fand sich eine Gruppe von Mercedarierinnen ein. Sie war nicht dabei. Mutter Izarne betet in der Kapelle, sagte ihm die älteste Nonne, als würde sie ihm eine Botschaft überbringen. Er nickte. Sie schauten ihn erwartungsvoll an. Der leichte Wind bewegte die Ordenskleider wie zu einem weißen Abschied. Ich sollte ein paar Worte sagen, dachte er. Oder besser nichts. Er lächelte sie an.

Meinen Segen, *madres*! Und er malte das Kreuzeszeichen in die Luft wie ein Dekan.

Sie lachten wie kleine Mädchen.

Und was hast du gesagt? fragte Maria da Visitação Herbal.

Ich habe nichts gesagt. Was sollte ich denn sagen! Ich bin gegangen, wie ich gekommen bin. Als sein Schatten.

Diese Szene muß nicht ohne Wirkung auf den Unteroffizier García geblieben sein. Befehl ist Befehl, Doktor, sagte er, während er ihm die Handschellen anlegte, als störte es ihn, den Abschied mit Fesseln zu unterbrechen. In der Order, mit der man ihm die Bewachung des Häftlings aufgetragen hatte, in Begleitung des Korporals Herbal, der auf seinen Posten in Galicien zurückkehrte, wurde ihm mitgeteilt, daß es sich um ein »führendes regimefeindliches Element« handelte, das zu lebenslänglicher Haft verurteilt war. Er war daher innerlich auf der

Hut in das Gefängnissanatorium heraufgekommen, verdrossen über einen Transport, der ihn zwingen würde, ganz Spanien zu durchqueren, in Zügen, die sich wie kreuztragende Büßer dahinschleppten. Der Anblick des Häftlings im Kreis der verzauberten Nonnen hatte ihn beruhigt. Der Intellektuelle, so hatte er aus dem Mund eines altgedienten Feldwebels gehört, ist wie der Zigeuner, wenn er erst mal fällt, dann rebelliert er nicht. Wer tot war, dachte er, als sie im ersten Zug von Valencia nach Madrid ihre Plätze einnahmen, war der Kollege, den man ihm als Eskorte zugeteilt hatte. Ein Langweiler. Wie ein nüchterner Säufer am Morgen. Wie ein pünktlicher Totengräber. Von hier bis Vigo würde ihm ein Spinnennetz in den Wimpern wachsen.

Entschuldigen Sie, daß ich Sie bei der Lektüre unterbreche, Doktor, aber ich würde Ihnen gern eine Frage stellen. Es handelt sich um etwas, das mich schon lange beschäftigt. Sie sind Arzt, Sie müssen darüber Bescheid wissen. Warum haben wir Männer eigentlich immer Lust? Sie verstehen, was ich meine.

Sie meinen Sex?

Genau, sagte der Unteroffizier lachend. Er rieb die Hände aneinander. Das meine ich. Die Tiere hören auf, nicht? Ich meine, sie sind brünstig, und dann hören sie auf. Aber die Menschen nicht. Die Fahnenstange immer erhoben!

Ist das bei Ihnen so?

Ich sehe eine Frau, und schon muß ich daran denken. Das geht uns allen so, oder? Sie werden mir doch jetzt nicht sagen, daß das eine Krankheit ist.

Nein, nicht gerade. Es ist ein Symptom. Das passiert oft in Ländern, in denen man es wenig tut. Er rieb wie der Unteroffizier die Hände aneinander. Sie verstehen, was ich meine.

Der Unteroffizier García fand die Bemerkung lustig. Er lachte laut und schaute Herbal an. Helles Köpfchen, der Mann, was, Korporal?

Ich fühlte mich nicht besonders wohl, erzählte Herbal Maria da Visitação.

Es war mehr als ein Jahr seit der Hinreise vergangen. Sie stiegen in Madrid um und nahmen im Nordbahnhof einen Eilzug nach Galicien. Sie würden die Strecke des im Schnee verlorenen Zuges in umgekehrter Richtung fahren. Es war Frühling, und die Sonne ließ die Handschellen des Doktors aufblitzen, als wären es Armbanduhren. Aber Herbal fühlte sich nicht wohl. Er spürte seine eigene Blässe, als läge sein Kopf auf einem kalten, feuchten Kissen.

Fühlen Sie sich wohl, Korporal?

Ja, Unteroffizier. Der Zug macht mich müde.

Das wird vom niedrigen Blutdruck kommen. Wie ist das mit dem Blutdruck, Doktor? Stimmt es, daß er mit dem Zucker zusammenhängt?

Der Unteroffizier García war sehr gesprächig; er hatte den sympathischen Akzent der Andalusier. Wenn das Gespräch versandete und Doktor Da Barca zur Zuflucht des Buches zurückkehrte, griff er ein anderes Thema auf, als wollte er das monotone Geratter übertönen. Sie saßen einander gegenüber, am Fenster, während Herbal etwas entfernt mit dem Gewehr im Schoß vor sich hin döste. Allein im Abteil. Einmal, als es schon dunkel wurde und sie hielten, wachte Herbal durch das Geräusch der Tür auf. Eine Frau mit einem Kind im Arm und einem anderen an der Hand stand im Rahmen.

Sie trug ein Kopftuch. Sie sagte leise: Weiter, mein Söhnchen, hier nicht.

Als er wieder eingeschlafen war, hörte Herbal Doktor Da Barca mit jener Nonne, Mutter Izarne, sprechen. Er sagte zu ihr: Erinnerungen sind Engramme. Und was ist das? Sie sind wie Narben im Kopf. Und dann sah er eine Reihe von Leuten mit Zimmermannsbeiteln, die ihm Narben im Kopf machten. Und zu den meisten sagte er, nein, sie sollten ihm keine Narben im Kopf machen. Bis Marisa erschien, die kleine Marisa, und er zu ihr sagte: Ja, mach mir eine Narbe. Und Nan. Sein Kopf war ein Stück Erlenholz. Nan brachte ihm einen sanften Schnitt bei und näherte seine Nase, um zu riechen. Und dann sah er seinen Onkel, den Fallensteller, mit dem erhobenen Messer, der zu ihm sagte: Tut mir leid, Herbal. Und er sagte: Wenn es sein muß, dann nur zu, Onkel. Aber dann war sein Kopf verschmiert, mit Kohlenruß, in Asturien, und eine Frau schrie, und der Offizier sagte: Schießt, verdammt noch mal, Herrgottscheiße! Und er sagte: Nein, macht mir nicht diese Narbe. Und dann sah er sich in einem Wald, am Rand einer Straße, in einer mondhellen Augustnacht. Er hatte einen uniformierten Burschen vor sich, mit dem Gesicht eines Fallenstellers, und er wollte ihn fragen, warum. Warum machst du mir diese Narbe? Er erinnerte sich an den Stift. Den Zimmermannsstift. Die Frau mit dem Kopftuch sagte zu ihm: Weiter, mein Söhnchen, hier nicht. Und er erwachte schweißgebadet, in seinem Gepäcksack wühlend.

He, Korporal! Wir sind in Ihrer Heimat. Sehen Sie nicht, daß es regnet? Sie schulden mir drei Nachtwachen!

Und dann mit leiser Stimme: Zum Teufel mit diesem

Aufpasser! Der würde bei einem Bombenangriff schlafen.

Auf dem Grund des Sackes fand er den Stift.

Hallo, Herbal! sagte der Maler. Wir sind schon in Monforte. Hier wird der Zug geteilt. Ich in den Norden, nach Coruña, und du nach Süden. Kümmer dich um diesen Mann!

Und was soll ich tun? murmelte Herbal. Mit Verwandschaft ist da nichts mehr. Ich bleibe nicht in San Simón. Sie schicken mich woanders hin.

Sieh nur, sagte der Maler. Schau sie dir an!

Da war sie. Ihr rotes Haar, der Regenbogen der Augen zerteilten den Nebel auf dem Bahnsteig. Der Doktor, mit Handschellen gefesselt, klopfte mit beiden Fäusten an die Glasscheibe.

Marisa!

Der gesprächige Unteroffizier García verstummte, als wäre das Fenster eine Kinoleinwand.

Auf Wiedersehen, Herbal! sagte der Maler. Ich will sehen, wie es dem Sohn geht.

Das ist meine Frau! sagte der Doktor, während er den Unteroffizier mit den gefesselten Händen schüttelte, aufgeregt, als würde er die Ankunft einer Königin melden.

Und sie war es oder eher eine Königin der Näherinnen. Damit hatte der Unteroffizier nun wirklich nicht gerechnet, sagte Herbal zu Maria da Visitação. Und ich auch nicht. Als sie ins Abteil trat, wußten wir nicht, ob wir eine Salve abfeuern oder niederknien sollten. Ich tat, als ginge mich das alles nichts an.

Marisa trug einen Korb, wie für ein Picknick, und ein geblümtes Kleid, das eng ihren Körper umschloß und die Arme freiließ. Es war, als käme in eine Gefängniszelle ein ganzer Frühlingsgarten, mit Bienen und allem. Die erste Umarmung war nicht zu verhindern. Der Weidenkorb knarrte zwischen den beiden Körpern wie das Skelett der Luft.

Ich stand wie verdattert vor dieser Umarmung, erzählte Herbal Maria da Visitação. Die Kette der Handschellen glitt ihren Rücken hinunter und blieb in der Taille hängen, am Ansatz der Hinterbacken.

Als der Zug anfuhr, fand Unteroffizier García, es sei Zeit, das Heft in die Hand zu nehmen. Sein sympathischer Akzent wurde schneidend wie eine Stahlschere. Sie lösten sich voneinander.

Sie ist meine Frau, Unteroffizier, sagte Doktor Da Barca, als würde er die Welt zum ersten Mal benennen.

Wir sitzen seit tausend Jahren im selben Zug, und Sie haben mir nichts davon gesagt, daß Ihre Frau auf Sie wartet. Und er rief laut, während er auf die Leute auf dem Bahnsteig wies: Sie hätten mir diesen Zirkus ersparen können!

Er wußte nichts, sagte Marisa.

Der Unteroffizier schaute sie verwirrt an, als spräche sie französisch mit ihm, und nahm das Telegramm, das sie ihm reichte. Es war von Mutter Izarne unterzeichnet, im Gefängnissanatorium Porta Coeli, und informierte sie über den Fahrplan der Transportzüge.

Ich will nicht unhöflich sein, Doktor, sagte Unteroffizier García, aber woher weiß ich, daß Sie Mann und Frau sind? Ihr Wort genügt nicht. Sie brauchen Papiere.

In diesem Augenblick war ich feige, erzählte Herbal Maria da Visitação. Ich weiß nicht, was in mich fuhr. Ich wollte sagen: Sie sind es, ich weiß es. Aber die Stimme versagte mir.

Ich habe die Papiere, sagte Marisa sehr würdevoll. Und holte sie aus diesem Picknickkorb hervor.

Die Haltung des Unteroffiziers García änderte sich sofort. Er war beeindruckt, und das wunderte mich nicht, sagte Herbal. Diese Frau machte die Nacht zum Tag, oder *fitzeversa*, wie Dschingis Khan sagen würde. Er schaute sich um, als erfüllte er eine Formalität, und nahm dem Doktor die Handschellen ab.

Sie können sich nebeneinander setzen, sagte er, auf das Fenster weisend. Und er behielt den Korb. Er war ein guter Esser.

Doktor Da Barca nahm Marisas Hände, sagte Herbal, bevor Maria da Visitação ihn fragen konnte, was sie taten. Er zählte ihre Finger, ob ihr nicht vielleicht einer fehlte. Sie weinte, als täte es ihr weh, ihn zu sehen.

Plötzlich stand er auf und sagte: Unteroffizier, haben Sie nicht Lust, eine Zigarette zu rauchen?

Sie gingen hinaus auf den Gang und rauchten nicht eine Zigarette, sondern ein halbes Dutzend. Der Zug fuhr am grün- und lilagetönten Ufer des Miño entlang, und der Unteroffizier und der Doktor plauderten angeregt, als stünden sie an der Theke der letzten Kneipe.

Von meiner Schlafecke aus, sagte Herbal, schaute ich sie voll Mitleid an, ich hatte Lust, das Gewehr aus dem Fenster zu werfen und sie zu umarmen. Sie weinte und verstand nichts. Ich auch nicht. Es fehlten noch ein paar Minuten bis zur Ankunft am Bahnhof. Danach, nichts. Jahre und Jahre Gefängnis, ohne diese Königin der Näherinnen berühren zu können. Aber er schwatzte und schwatzte mit dem Unteroffizier, als wären sie zwei korte. Gut. Wir gehen gleich hinauf. Der Unteroffizier wird Ihnen nähere Angaben machen.

Zu Befehl, Herr Major. Gute Nacht, Señora. Schlafen Sie gut.

Gute Nacht, Herr Major, sagte Herbal, Haltung annehmend. Er neigte leicht den Kopf: Gute Nacht, Señora.

Der Unteroffizier García zeigte seine Papiere. Er sagte zu dem Mann am Empfang: Ich möchte nicht, daß man den Major stört, unter keinem Vorwand. Sollte etwas sein, geben Sie mir Bescheid.

Es war eine sehr lange Nacht, erzählte Herbal Maria da Visitação. Zumindest für uns. Ich nehme an, für sie war sie sehr kurz.

Ich glaube nicht, daß die Turteltauben sich davonmachen, sagte der Unteroffizier, als sie ins Zimmer traten. Aber wir wollen kein Risiko eingehen.

Und so verbrachten sie die Nacht damit, abwechselnd an der Tür zu horchen. Ich melde mich freiwillig für die erste Nachtwache, sagte der Unteroffizier García mit theatralischem Augenzwinkern zu Herbal. Dreimal! platzte er heraus, als er zurückkam. Schade, daß kein Loch in der Wand war.

Wenn es ein Loch in der Wand gäbe, würden sie die beiden nackten Körper auf dem Bett sehen, sie nur mit dem Halstuch bekleidet, das sie Daniel eines Tages im Gefängnis geschenkt hatte.

Mir schien, als würde jemand weinen, erzählte Herbal Maria da Visitação. Es war eine windige Nacht, mit viel Akkordeon im Meer.

Dann hörte ich auch die Bettfedern knarren.

In aller Frühe klopfte der Unteroffizier an die Tür, um

ihnen Bescheid zu sagen. Jetzt, nach der durchwachten Nacht, war er unsicher, ob er richtig gehandelt hatte. Er lief unruhig um das Bett herum.

Waren Sie sich wirklich einig mit ihm?

In etwa, log Herbal.

Erzählen Sie das nicht mal Ihrer Frau, sagte der Unteroffizier plötzlich sehr ernst.

Ich habe keine Frau, sagte Herbal.

Um so besser. Marsch!

Noch immer die Form wahrend, verließen sie das Hotel wie eine Gruppe in heimlicher Mission. Wäre der Mann am Empfang ihnen jenseits der Tür gefolgt, hätte er gesehen, wie aus Major Da Barca ein mit Handschellen gefesselter Gefangener wurde. In den Straßen hing ein verkatertes Licht, die Melancholie ärmlicher Überreste nach einer Akkordeonnacht an der Ría.

Auf der Mole erbot sich ein zerstreuter Auswandererfotograf, ein Foto zu machen. Der Unteroffizier wehrte ihn mit einer brüsken Geste ab. Siehst du nicht, daß das ein Häftling ist?

Bringen Sie ihn nach San Simón?

Was geht dich das an.

Fast keiner kommt zurück. Lassen Sie mich ein Foto machen.

Keiner kommt zurück? sagte der Doktor plötzlich mit einem verwegenen Lächeln. Eine Wiege der Romantik, meine Herren! Von dort kam das beste Gedicht der Menschheit!

Tja, jetzt ist sie ein Grab, murmelte der Fotograf.

Na los! befahl der Unteroffizier. Worauf warten Sie? Machen Sie dieses Foto, aber daß die Handschellen nicht drauf sind!

Er umarmte sie von hinten, und sie verdeckte seine Arme, damit die Handschellen nicht zu sehen waren. Einer vom anderen umhüllt, mit dem Meer als Hintergrund. Dunkle Augenringe der Hochzeitsnacht. Ohne große Überzeugung, der Form halber, bat der Fotograf sie um ein Lächeln.

Das letzte Mal, daß ich sie sah, erzählte Herbal Maria da Visitação, war an der Anlegestelle. Wir im Boot. Sie dort, oben auf der Mole, einsam, neben dem Poller, die langen roten Haarsträhnen vom Wind gekämmt.

Er stand aufrecht im Boot, ohne den Blick von der Frau am Poller zu wenden. Ich kauerte im Heck. Ich muß der einzige Galicier sein, der nicht geboren wurde, um zur See zu fahren.

Als wir in San Simón eintrafen, sprang der Doktor mit entschlossener Miene auf die Mole. Der Unteroffizier unterschrieb ein Papier und übergab ihn den Gendarmen.

Bevor er ging, drehte Doktor Da Barca sich zu mir um. Wir sahen uns an.

Er sagte zu mir:

Du hast keine Tuberkulose. Du hast es am Herzen.

Die am Ufer, sagte der Bootsführer während der Rückfahrt, sind keine Wäscherinnen. Es sind die Frauen der Häftlinge. Sie schicken ihnen Essen übers Meer in den Säuglingskörben.

20

Sie waren das Beste, was das Leben mir gegeben hat.

Herbal nahm den Zimmermannsstift und zeichnete ein Kreuz auf das Weiß der Todesanzeige, zwei grobe Striche, wie mit dem Meißel in eine Steinplatte gezogen.

Maria da Visitação las den Namen des Verstorbenen: Daniel Da Barca. Darunter der Name der Frau, Marisa Mallo, der Sohn, die Tochter und eine lange Reihe von Enkeln.

Oben rechts, wie ein Grabspruch, ein Gedicht von Antero de Quental. Maria da Visitação las es leise in ihrem kreolisch gefärbten Portugiesisch:

Doch halt ich einen Augenblick inne, gelingt es mir,
die Augen zu schließen, dann fühl ich sie nah,
die ich geliebt, sie leben mit mir…

Herbal, du wirst mir das Mädchen noch verderben mit soviel Literatur!

Manila, die aus dem ersten Stock heruntergekommen war, schenkte sich einen Kaffee an der Theke ein. Heute wirkte sie gut gelaunt.

Ich habe nur einen Mann gekannt, der was von Gedichten wußte. Und der war ein Priester! Es waren wunderschöne Gedichte, in denen von Amseln und Liebe die Rede war.

Du und ein Dichterpriester! sagte Herbal spöttisch. Ein schönes Paar, wahrhaftig.

Er war ein reizender Mann. Ein ganzer Herr, nicht wie andere in der Soutane. Don Faustino. Er glaubte,

Gott müsse eine Frau sein. Wenn er sich zivil kleidete, um eine Kneipentour zu machen, sagte er: Wetten, mich erkennt nicht mal der liebe Gott! Ein bißchen naiv. Sie machten ihm das Leben zur Hölle.

Sie trank den Kaffee mit einem Zug aus. Macht langsam Schluß mit dem Geplauder, wir öffnen in einer halben Stunde.

Ich habe sie nie wiedergesehen, erzählte Herbal Maria da Visitação. Ich wußte, daß Marisa einen Sohn bekam, als er noch in San Simón war. Das Kind der Hochzeitsnacht! Doktor Da Barca ließen sie Mitte der fünfziger Jahre frei. Danach gingen sie nach Amerika. Das war das letzte, was ich von ihnen hörte. Ich wußte nicht einmal, daß sie zurückgekommen waren.

Herbal spielte mit dem Zimmermannsstift. Er tat, als wäre er ein loser Finger.

Mein Leben veränderte sich rasch. Nachdem ich den Häftling in San Simón abgeliefert hatte, kehrte ich nach Coruña zurück. Meine Schwester war sehr krank. Krank im Kopf, meine ich. Ich verpaßte Zalito Puga eine Kugel. Bah, in Wirklichkeit waren es drei. Das war mein Verderben. Ich hatte alles geplant. Ich hatte vor, zu sagen, daß mir beim Säubern der Waffe ein Schuß losgegangen sei. Damals war das sehr gebräuchlich. Aber im letzten Moment verlor ich die Kontrolle und verpaßte ihm drei Schüsse. Sie entließen mich also aus dem Korps, und ich landete im Gefängnis. Dort lernte ich Manilas Bruder kennen. Und außerdem lernte ich sie kennen, bei den Besuchen. Ich hatte niemanden mehr. Sie war mein einziges Fenster zur Welt. Als ich rauskam, sagte sie zu mir: Ich habe die Zuhälter satt. Ich brauche einen Mann, der keine Angst hat.

Und hier bin ich.

Und was wurde aus dem Maler? fragte Maria da Visitação.

Er kam mich einmal im Gefängnis besuchen. An einem Tag mit Enge in der Brust, mit knapper Luft. Der Verstorbene sprach zu mir, und die Atemnot ging vorbei. Er sagte: Weißt du, was? Ich habe meinen Sohn gefunden. Er malt Geburtskliniken an.

Das ist ein gutes Zeichen, sagte ich. Das bedeutet Hoffnung.

Sehr gut, Herbal. Du weißt etwas über Malerei.

Kam er nicht zurück?

Nein, er kam nicht mehr zurück, log Herbal. Wie Doktor Da Barca sagen würde, er verlor sich in der ewigen Gleichgültigkeit.

Maria da Visitaçãos Augen schimmerten feucht. Sie hatte gelernt, die Tränen zurückzuhalten, aber nicht, die Gefühle zu verbergen.

Sieh nur, der Glanz der Kamelien nach dem Regen, sagte der Maler in Herbals Ohr. Schenk ihr den Stift! Schenk ihn der Dunklen!

Da, ich schenk ihn dir, sagte er und hielt ihr den Zimmermannsstift hin.

Aber …

Nimm ihn, bitte.

Manila klatschte wie üblich in die Hände und öffnete die Tür des Lokals. Ein Kunde stand da und wartete.

Der war schon einmal hier, sagte Herbal mit veränderter Stimme. Wächterstimme: Du hast Arbeit, Mädchen!

Er hängt an mir, sagte sie ironisch. Er hat mir erzählt, er sei Journalist. Er ist deprimiert.

Ein deprimierter Journalist? Jetzt klang die Stimme angewidert. Paß auf. Er soll zahlen, bevor er ins Bett geht.

Wohin gehst du? fragte Manila ihn verwundert.

Ich geh ein bißchen raus. Luft schöpfen.

Zieh dich warm an!

Nur einen Augenblick.

Herbal lehnte sich in die Tür. In der regnerischen, windigen Nacht blinkte das Neonlicht der Walküre mit trauriger Obszönität. Der Hund des Autofriedhofs verbellte die Prozession der Scheinwerfer. Eine schnurgerade Litanei in der Dunkelheit. Herbal spürte die Atemnot und wünschte, ein Windstoß möge durch sein Inneres fahren. Auf dem Sandweg, der zur Straße führte, sah er sie endlich kommen. Die Schwester Tod mit ihren weißen Schuhen. Instinktiv tastete er nach dem Zimmermannsstift. Komm nur, du Miststück, ich habe nichts mehr. Warum war sie so stumm? Warum verfluchte sie nicht die Hure Leben und den lächelnden Akkordeonspieler, der sie mitgenommen hatte?

Komm rein, Herbal! sagte Manila, während sie ihren schwarzen Spitzenschal um ihn legte. Was machst du da draußen allein wie ein Hund?

Der Phantomschmerz, murmelte er zwischen den Zähnen.

Was sagst du, Herbal?

Nichts.

Nachbemerkung des Autors

Aus Achtung gegenüber denjenigen, die mir diese Geschichte eingegeben haben, möchte ich darauf hinweisen, daß es sich um ein Werk der Fiktion und keinesfalls um eine Biographie handelt. Sämtliche Figuren, außer denen, die auf dem Schauplatz des alten Gefängnisses in Santiago unter ihrem eigenen Namen erscheinen, sind erfunden. Man suche also nicht nach einer Entsprechung in der Wirklichkeit. Etwas anderes ist, daß sie dem angehören, was Doktor Nóvoa Santos die Überwelt nannte.

NF 266/1/10.00

- Trotzdestonichts oder Der Wendehals. st 3180. 160 Seiten

Truman Capote. Die Grasharfe. Roman. Übersetzt von Annemarie Seidel und Friedrich Podszus. st 3135. 208 Seiten

Paul Celan. Gesammelte Werke in sieben Bänden. Sieben Bände in Kassette. st 3202-st 3208. 3380 Seiten

Marguerite Duras. Der Liebhaber. Übersetzt von Ilma Rakusa. st 1629. 194 Seiten

Hans Magnus Enzensberger. Der Fliegende Robert. Gedichte, Szenen, Essays. st 1962. 350 Seiten

Max Frisch
- Homo faber. Ein Bericht. st 354. 203 Seiten
- Stiller. Roman. st 105. 438 Seiten

Norbert Gstrein. Der Kommerzialrat. Bericht. st 2718. 148 Seiten

Peter Handke. Mein Jahr in der Niemandsbucht. Ein Märchen aus den neuen Zeiten. st 3084. 632 Seiten

Hermann Hesse.
- Das Glasperlenspiel. Versuch einer Lebensbeschreibung des Magister Ludi Josef Knecht samt Knechts hinterlassenen Schriften. st 2572. 616 Seiten
- Siddhartha. Eine indische Dichtung. st 182. 136 Seiten

Ludwig Hohl. Die Notizen oder Von der unvoreiligen Versöhnung. st 1000. 832 Seiten

Yasushi Inoue. Das Jagdgewehr. Übersetzt von Oskar Benl. st 2909. 98 Seiten

NF 266/2/10.00

Uwe Johnson. Jahrestage. Aus dem Leben der Gesine Cresspahl. Einbändige Ausgabe. st 3220. 1728 Seiten

James Joyce. Ullysses. Roman. Übersetzt von Hans Wollschläger. st 2551. 988 Seiten

Franz Kafka. Der Prozeß. Roman. st 2837. 282 Seiten

Bodo Kirchhoff. Infanta. Roman. st 1872. 502 Seiten

Hermann Lenz. Vergangene Gegenwart. Die Eugen-Rapp-Romane. Neun Bände in Kassette. 3000 Seiten

Cees Nooteboom. Allerseelen. Roman. Übersetzt von Helga van Beuningen. st 3163. 440 Seiten

Juan Carlos Onetti. Das kurze Leben. Roman. Übersetzt von Curt Meyer-Clason. Mit einem Nachwort von Durs Grünbein. st 3017. 380 Seiten

Marcel Proust. In Swanns Welt. Auf der Suche nach der verlorenen Zeit. Übersetzt von Eva Rechel-Mertens. st 2671. 564 Seiten

Mario Vargas Llosa. Tante Julia und der Kunstschreiber. Roman. Übersetzt von Heidrun Adler. st 1520. 392 Seiten

Martin Walser. Ein fliehendes Pferd. Novelle. st 600. 151 Seiten

Ernst Weiß. Der arme Verschwender. st 3004. 498 Seiten

NF 266/3/10.00